KB072815

검은 천사 1

임영기 장편소설

초판 1쇄 찍은 날 § 2016년 3월 16일
초판 1쇄 펴낸 날 § 2016년 3월 23일

지은이 § 임영기
펴낸이 § 서경석

편집책임 § 박가연

펴낸곳 § 도서출판 청어람
등록번호 § 제387-1999-000006호
등록일자 § 1999. 5. 31
어람번호 § 제1-2380호

주소 § 경기도 부천시 원미구 부일로 483번길 40 서경B/D 3F (우) 14640
전화 § 032-656-4452 팩스 § 032-656-4453
http://www.chungeoram.com
E-mail § chungeorambook@daum.net

ISBN 979-11-04-90702-9 04810
ISBN 979-11-04-90701-2 (세트)

1

레퀴엠

검은
천사

FUSION FANTASTIC STORY

임영기 장편소설

도서출판 청어람

차례

C O N T E N T S

검은
천사

제1장
접신(接神)

　서늘한 초겨울의 밤바람이 은애(銀愛)의 몸을 쓰다듬듯이
스치고 지나갔다.

　주위를 살피던 은애는 이윽고 살금살금 언덕을 내려온 후
최대한 몸을 숙인 자세로 천천히 강을 향해 걸었다.

　사박사박.

　걸음을 옮길 때마다 발밑에서 모래를 밟는 소리가 잔잔하
게 울려 퍼졌다.

　갸름하고 뽀얀 살결의 은애 얼굴에 두려움이 가득 떠올라
있고 커다란 두 눈에는 불안함이 가득 담겨 있다.

그녀는 걸음을 멈추고 조심스럽게 주위를 살폈다. 발자국 소리가 너무 커서 들킬 것만 같은 불안감이 엄습했다.

달도 없는 캄캄한 밤이라서 아무것도 보이지 않았다. 이런 상황이라면 근처에 국경수비대가 있더라도 은애를 발견하지 못할 것이다.

더구나 그녀는 아래위로 검은 옷을 입었기 때문에 얼굴만 잘 가리면 가까이에서도 잘 보이지 않을 것이다.

은애는 마른침을 삼키고 용기를 내서 다시 걷기 시작했다.

사박사박.

모래를 밟을 때마다 발자국 소리가 천둥처럼 크게 들렸지만 멈추지 않고 계속 걸었다.

이 지역은 어릴 때 은애와 두 동생 삼남매가 사시사철 뛰어놀던 곳이라서 어디에 뭐가 있는지 눈을 감고도 훤했다.

그런데 어째서 하필 모래사장을 택했는지 모르겠다. 도강(渡江)을 하기에 가장 수심이 얕으면서 강폭이 좁은 곳을 고르는 데에만 신경을 썼지 강 언덕에서 강까지 모래사장이 넓게 펼쳐져 있는 것은 염두에 두지 않은 탓이다.

그렇지만 사실 사박거리는 발자국 소리는 겁먹은 은애 귀에만 천둥처럼 크게 들리지 언덕 위에 200m 간격으로 띄엄띄엄 있는 국경수비대 초소까지 들릴 정도는 아니었다.

은애의 걸음이 점점 빨라지더니 어느새 온 힘을 다해서 달리기 시작했다.

팍팍팍팍!

더 크게 들리는 발자국 소리가 그녀를 점점 당황시켰고, 그래서 더 빨리 달리도록 만들었다.

언덕 아래에서 강가까지 50m 남짓을 달려오는 데 몇 시간은 걸린 것처럼 길고도 초조했다.

"학학학, 하아, 하아!"

강가에 도착한 은애는 모래 위에 주저앉아서 앙상한 어깨를 들먹이면서 가쁜 숨을 몰아쉬었다. 꼭꼭 싸맨 상의 목 언저리의 매끈한 쇄골이 슬픈 모습으로 드러났고, 입에서는 연신 하얀 입김이 토해졌다.

잠시 후 호흡을 가라앉힌 그녀는 최대한 몸을 숙인 자세에서 주섬주섬 옷을 벗었다.

11월 중순의 두만강은 영하의 날씨이긴 하지만 아직 흐르는 강물을 꽁꽁 얼게 할 정도는 아니었다.

12월이 되면 차가 지나가도 깨지지 않을 정도로 두꺼운 얼음이 얼지만 은애네 가족은 그때까지 기다릴 수가 없었다.

이곳은 수심이 얕기는 해도 강 중간에는 가슴까지 물이 차기 때문에 옷을 입으면 흠뻑 젖고 만다.

여름이나 가을이라면 젖은 옷을 입고 돌아다녀도 상관이 없지만 지금 그랬다가는 물에서 나오는 즉시 옷이 얼어서 걸음을 옮길 때마다 버석거리는 소리로 꽤 시끄럽다.

그뿐만 아니라 얼어붙은 옷의 날카로운 얼음이 맨살을 스치면서 면도날처럼 상처를 내는 바람에 피투성이가 된다.

은애는 이런 사실을 전혀 몰랐지만 여러 번 도강한 경험이 있는 같은 마을에 사는 이웃집 아주머니에게 도강할 때 조심해야 할 것들에 대해서 귀가 닳도록 몇 번이나 주의를 들었다.

은애는 구멍 난 양말과 다 떨어진 신발까지 벗어서 벗어놓은 옷 사이에 넣고 준비한 끈으로 잘 묶고는 머리에 이고 몸을 일으켰다.

헐렁한 검은 면 팬티만 입고 브래지어도 하지 않은 뽀얀 살결의 은애는 조심스럽게 오른발을 강물에 담갔다.

바삭거리는 소리와 함께 강가에 언 살얼음이 깨지고 발이 종아리까지 물속에 잠겼다.

말 그대로 살과 뼈를 에는 듯한 차가움, 아니, 고통이 전기에 감전된 것처럼 발을 타고 온몸으로 퍼졌다.

그렇지만 은애는 이를 악물고 왼발마저 강물에 담그고 조심스럽게 앞으로 나아갔다.

강가에만 살얼음이 얼었을 뿐이라서 몇 걸음 나가니 물살이 급해지면서 강물이 허리까지 차올랐다.

쏴아아아!

검푸른 물살이 흰 포말을 일으키며 여자 귀신의 풀어헤친 머리카락처럼 흘러갔다.

은애 가슴에는 무명 헝겊으로 꽁꽁 감싼 길쭉한 물건 하나가 매달려서 흔들리며 유방을 건드렸다.

노끈으로 묶어서 목걸이처럼 목에 두른 것이다. 그것은 매우 소중한 물건이라서 한시도 몸에서 떼어놓을 수가 없기에 이런 식으로 단단히 몸에 지녔다.

은애의 몸은 지독하게 깡말라서 두 팔은 앙상하고 갈비뼈가 다 드러났다.

닷새가 지나도록 곡기는커녕 풀뿌리나 나무껍질조차 먹은 것 없이 물만 마신 탓에 허약(영양실조)에 걸리기 직전이라서 배는 움푹 꺼졌다.

마지막으로 입에 무언가를 집어넣은 것이 엿새 전의 까마득한 일이다. 그것도 강냉이(옥수수) 한 움큼을 넣고 인근 잘 아는 두부집에서 사정사정해서 얻어 온 비지 찌꺼기 조금하고 마을 뒷산에서 언 땅을 파느라 손톱이 다 빠지면서 캐 온 풀뿌리 몇 개, 그리고 물을 잔뜩 부어서 끓인 죽을 은애와 아버지, 남동생 세 사람이 솥단지를 가운데 두고 배가 터지도록 퍼먹었다.

그렇게 먹었는데도 불구하고 하늘이 원망스럽게도 한 시간이 지나기도 전에 배가 꺼져 버리고 먹기 전보다 더 극심한 허기를 느끼게 만들었다.

봄이나 여름에는 산이나 들판에서 능쟁이(돼지풀)나 쑥 같은 것들을 캐서 죽을 쑤어 먹으며 연명했지만 겨울에는 마을 어디를 둘러봐도 먹을 것이라곤 없어서 사람들이 겨울에 가장 많이 굶어서 죽어나갔다.

잘 먹던 시절의 은애는 동무들이 모두 부러워하는 풍만한 유방과 늘씬한 몸매를 지녔었지만, 지금은 많이 홀쭉해진 유방이 앞으로 전진할 때마다 출렁거렸다.

이곳은 은애가 살고 있는 함경북도 무산(茂山)읍에서 두만강 상류 쪽으로 200m쯤 올라온 곳인데, 여기 강폭이 30m 정도로 가장 좁고 물살은 세지만 수심이 얕은 편이다.

그렇지만 강바닥에 커다란 돌이 많이 깔려 있고 바위도 많아서 강물 속을 걷는 게 여간 힘들지 않았다. 자칫 자빠지기라도 하는 날에는 급류에 휩쓸릴 것이고, 그래서 아래쪽 깊은 곳으로 떠내려가기라도 하면 헤엄을 못 치는 은애로선 죽을 수도 있었다.

"앗!"

그때 갑자기 은애 입에서 짤막한 비명이 터졌다. 지금 강물 속에서 앞으로 뻗고 있는 오른발이 바닥에 닿지 않은 것이다.

체중은 이미 오른발에 옮겨져 있기 때문에 은애의 몸은 속수무책으로 강물 속 허방다리에 내던져졌다.

올여름 지독한 홍수 때 커다란 바위가 뽑혀 나간 자리를 운 나쁘게 헛디딘 것 같았다.

　은애는 순식간에 머리 꼭대기까지 강물 속에 잠겼다가 결국 급류에 휩쓸려 떠내려가면서 필사적으로 두 팔을 허우적거렸다.

　'아아, 안 돼. 이렇게 죽을 순 없어. 아바이…….'

　차디찬 물이 코와 입으로 쏟아져 들어가면서 정신이 아득해지기 시작했다.

　은애는 자기가 죽는 것은 하나도 원통하지 않았다. 이렇게 벌레처럼 사느니 차라리 죽는 게 낫다는 생각을 하루에도 여러 번 했다.

　그렇지만 배가 고파서 움직일 기력도 없이 집에 누워 있는 아버지와 남동생을 다시 보지 못하고 죽는다는 것이 너무나도 가슴 아팠다.

　그런데 그때 뭔가 은애의 머리카락을 움켜잡고는 거칠게 위로 끌어당겼다.

　"콜록콜록! 커억! 컥컥!"

　은애는 미친 듯이 기침을 하면서 들이켠 물을 토해냈다.

　그녀의 머리카락을 움켜잡은 손이 팔을 옮겨 잡으며 욕설을 퍼부었다.

　"이 쌍간나 에미나이! 너 죽으려고 환장했니?"

저승 입구까지 갔다가 간신히 살아난 은애는 정신이 반쯤 나간 얼굴로 상대를 쳐다보았다. 그는 뜻밖에도 인민군 국경수비대 복장을 한 건장한 사내였다.

두 사람이 서 있는 곳은 강을 거의 다 건너 중국 쪽 땅을 5m쯤 남겨둔 지점이다.

국경수비대 병사는 강변을 순찰하던 도중 시커먼 강을 도강하고 있는 새하얀 은애의 벌거벗은 몸뚱이를 발견하고 잡기 위해 달려갔는데 그녀가 갑자기 강물 속으로 사라져 버렸다.

그래서 앞뒤 가릴 것 없이 물속으로 뛰어들어 그녀를 구해 낸 것이다.

"아아……."

정신을 차린 은애는 자신을 구해준 사람이 하필 국경수비대 병사라는 사실에 크게 낙담했다.

하지만 그녀는 포기하지 않았다. 포기할 수가 없었다. 몇 년 후에는 두만강 조중국경(朝中國境)의 실정이 살벌하게 변하게 되겠지만, 이때까지만 해도 국경수비대는 중국 쪽으로 도강하는 북한 사람들에게 그다지 매몰차게 굴지 않았다.

이 시절에 도강하는 사람들은 탈북이 아니라 단지 먹을 것을 구하러 중국에 갔다가 다시 돌아오는 사람이 대부분이라서 사정만 잘하면 국경수비대도 눈감아주곤 했다. 병사들도 같은 조선 사람이고 부모형제가 있기 때문이다.

병사는 홀딱 벗은 채 오들오들 떨고 있는 은애의 몸을 위에서 아래로 훑었다.

엄마가 검정 면을 장에서 사다가 가위로 썩썩 잘라 바느질해서 만들어준 팬티, 아니, 빤쓰는 급류에 허우적거리다가 벗겨진 탓에 은애는 실오라기 한 올 걸치지 않은 알몸이 돼버린 상태였다.

병사가 은애의 얼굴을 보면서 미간을 좁혔다.

"너 중국 가니?"

"네. 양식을 구하려고… 가족이 굶고 있어서리… 이대로 가면 며칠 못 가서 우리 가족은 다 죽슴다."

일부러 그러지 않았는데도 은애의 입에서 울음 섞인 하소연이 흘러나왔다.

누워 있는 아버지와 남동생만 생각하면 누가 시키지 않아도 눈물부터 나왔다.

배급이 끊긴 지 벌써 일 년째라서 온 나라가 굶주림에 허덕이고 있으며, 인구 12만 명의 무산군 내에서만 해도 벌써 굶어 죽은 아사자 수가 3천 명 이상이라는 소문이 파다하게 나돌았다.

날마다 한 집 건너 한두 명은 굶어 죽어서 시체를 거적에 둘둘 말아 산에 묻고 있으며, 거리, 특히 역전에는 굶어 죽은 시체가 발에 채일 정도로 즐비했다.

병사가 은애의 얼굴을 자세히 살피듯이 들여다보았다. 무산군 내에서도 첫손에 꼽히는 미녀인 은애의 미모는 못 먹어서 야위었어도 이슬을 머금은 배꽃처럼 눈부셨다.

은애는 어쩌면 이 병사가 자신을 강간할지도 모른다는 생각이 들자 겁이 덜컥 났다.

그러나 그녀는 곧 생각을 바꾸었다. 몸을 주고서라도 중국 땅에 넘어갈 수만 있다면 그렇게 하리라 마음먹었다. 아버지와 남동생에게 하얀 이밥에 고깃국을 배불리 먹일 수만 있다면 순결 같은 것은 사치에 불과했다.

"너… 이름이 뭐니?"

그런데 병사가 불쑥 이름을 물었다.

"은애예요. 조은애(趙銀愛)."

"너 내가 누군지 모르겠니?"

"네?"

병사가 갑자기 얼굴을 가까이 들이밀면서 친근한 표정을 지으며 묻자 은애는 깜짝 놀랐다.

그런데 캄캄한 어둠 속에서 자세히 보니 병사의 얼굴이 매우 낯익었다.

병사가 빙그레 웃었다.

"나 양석철이다. 선미 오라바이."

"아······!"

양선미는 은애의 소꿉친구이고 인민학교 4년, 고등중학교 6년을 다니는 내내 같은 반이었으며 집도 이웃에 사는, 말 그대로 싸리말 친구(죽마고우)였다.

"석철 오라바이······."

은애는 갑자기 왈칵 눈물이 차올랐다.

"그래, 내 석철이다. 이제 알아보겠니?"

선미를 못 본 지 몇 년이나 지났는지 모른다. 선미네도 밥을 먹는 날보다 굶는 날이 많아지니 선미하고 엄마가 돈을 벌겠다면서 중국으로 가고 나서는 본 적이 없다.

선미 오빠 양석철은 인민학교 다닐 때부터 은애를 무척이나 좋아해서 툭하면 선미 손에 연애편지를 쥐어서 은애에게 보내곤 했다.

그렇지만 콧대 높은 은애는 양석철에게 눈길조차 준 적이 없었다.

그런 양석철이 열여덟 살에 군에 입대했다는 말을 들었는데 설마 두만강 무산지역을 지키는 국경수비대 병사가 됐을 줄은 꿈에도 몰랐다.

그제야 은애는 양석철의 어깨에 달린 노란 띠가 세 줄 그어진 상급병사 견장을 바라보았다.

"여기서 잠깐 기다려라. 응? 날래 댕겨오마."

양석철은 은애를 강 건너 중국 땅에 무사히 데려다주고는 쏜살같이 강을 건너 북한 쪽으로 달려갔다.

방금 강물에서 나온 은애는 온몸이 젖어서 와들와들 떨고 있었지만 너무나 긴장한 탓에 조금도 추위를 느끼지 못했다.

은애는 양석철의 말대로 여기에서 기다릴까, 아니면 그냥 갈까 잠시 갈등했지만 그냥 기다리기로 했다. 설마 목숨을 구해주고 강까지 건너게 해준 선미 오라바이가 나쁜 짓을 할 리가 없다는 생각이 들었다.

첨벙첨벙.

잠시 후에 양석철이 다시 강을 건너와서 헐떡거리며 들고 온 국경수비대 외투를 내밀었다.

"너 이거 입고 가라."

아까 강물 속에서 허우적거릴 때 은애는 머리에 이고 있던 옷 보따리를 놓치고 말았다.

은애가 빤스도 입지 못한 상태로 중국 땅에 들어가야 하는 것을 걱정한 양석철이 강 건너에 벗어둔 자기 외투를 들고 온 것이다.

"오라바이는 어쩌고······."

양석철이 씩 웃었다.

"니가 지금 내 걱정할 때냐? 내는 이제 고참이라서 외투 한

벌쯤은 구할 수 있다."

양석철은 은애에게 억지로 외투를 입혀주고 돌아서면서 한마디 했다.

"혹시나 우리 선미나 아매(어머니) 만나면 꼭 집으로 돌아오라고 전해라."

"네."

은애는 중국 연변에 가서 볼일만 끝나면 곧장 무산으로 돌아올 거라서 선미를 만날 가능성은 거의 없지만 대답은 그렇게 해두었다.

첨벙첨벙!

은애는 강가에 우두커니 서서 돌아가는 양석철을 바라보았다. 양석철이 강물을 뛰어서 건너는 소리만 들릴 뿐이지 모습은 어둠에 묻혀서 전혀 보이지 않았다.

그렇지만 은애는 첨벙거리는 소리가 들리지 않을 때까지 그 자리에 서 있었다.

잠시 후에 돌아선 은애는 코끝조차 보이지 않는 어둠 속으로 더듬거리듯이 조심조심 걸어가면서 누굴 찾는 것처럼 두리번거렸다.

'여기에서 만나기로 했는데 혹시 안 나왔나?'

불길한 생각이 스쳤다. 은애는 두만강을 넘는 것이 처음인데다 중국에 대해서는 아무것도 모른다.

그래서 같은 동네 아줌마에게 연변에 사는 조선족 브로커를 한 사람 소개받았다.

은애가 지니고 간 물건을 연변에 가서 무사히 처분하면 브로커에게 중국 돈 1,500위안을 주기로 했다.

1,500위안이면 은애네 가족이 반년 동안 강냉이밥을 배불리 먹으며 지낼 수 있는 거금이기는 하지만, 그녀가 지니고 있는 물건을 연변에서 팔면 그보다 몇 배는 더 받을 수 있을 것이기에 아까워도 지금으로선 어쩔 도리가 없었다.

어디에 뭐가 있는지 하나도 보이지 않아서 은애는 딱 눈뜬장님 신세였다.

은애는 2~3m 앞도 보이지 않는 상황에서 계속 걸어가는 것이 부질없다고 생각하고 멈춰 섰다.

'약속 장소를 잘못 알았나?'

두만강을 건너기만 하면 당연히 브로커가 기다리고 있을 줄 알고 있던 은애는 불안한 마음을 가눌 길이 없었다.

바스락.

"아……."

그때 앞쪽에서 갑자기 마른 풀잎 스치는 소리가 나는 바람에 은애는 깜짝 놀랐다.

바스락, 바삭.

풀잎 스치는 소리가 자기 쪽으로 점점 가까워지자 은애는 몸을 한껏 웅송그리고 작게 말했다.

"누구요?"

"박종태요."

"아……."

은애는 어둠 속에서 시커먼 물체가 나타나는 것을 보고 비로소 안도의 표정을 지었다.

이웃집 아줌마가 소개해 준 브로커는 연변에 살고 있는 박종태라는 서른여덟 살 먹은 조선족 남자라고 했다.

어둠 속에서 나타난 박종태는 두 걸음 앞에 멈춰 서서 은애를 뚫어지게 주시했다.

"무산 사는 조은애요?"

"네."

은애로서는 한 번도 본 적이 없는 고급스러운 두툼한 파카라는 옷에 털모자와 귀마개까지 완전무장을 한 광대뼈가 툭 불거지고 두꺼운 입술을 지닌 박종태가 강 건너 쪽을 경계하듯 쳐다보면서 물었다.

"아까 그 북조선 병사는 아는 사람이오?"

"네. 동네 오라바이였습다."

박종태는 이곳에서 다 지켜보고 있었던 모양이다.

"그는 간기요, 아니면 또 만나기로 했소?"

박종태는 양석철이 신경 쓰이는 것 같았다.

은애는 아무것도 보이지 않는 캄캄한 북한 쪽을 바라보았다. 양석철이 저기 어디에 있을 것 같지는 않았다.

"갔을 거우다."

박종태는 북한 쪽에서 시선을 거두더니 은애에게 불쑥 손을 내밀었다.

"물건 한번 봅시다."

은애는 경계하며 옷깃을 여몄다.

"연변에 가서 살 사람 앞에서 보여주겠슴다."

"팔 곳으로는 내가 알아서 데려갈 테니까 그 전에 물건이 진짜가 맞는지 한번 보자는 말이오."

"안 됨다. 날래 갑시다."

은애는 딱 잘라서 거절했다. 브로커는 그녀를 연변의 물건을 살 사람에게 안내해 주고 거래가 끝난 후 다시 이 장소까지 데려다주는 것이 임무이다.

그러고 나서 그는 수고비로 1,500위안을 받아서 돌아가면 브로커로서의 임무는 끝이다.

그렇기 때문에 그에게 물건을 보여줄 하등의 이유가 없다는 게 은애의 생각이다.

맨발인 은애는 발이 시려서 떨어져 나갈 것 같고 젖은 몸에 커다란 외투 하나만 달랑 걸치고 있어서 너무 추워 몸을 덜덜 떨었다.

"날래 가기요."

그렇지만 박종태는 꼼짝도 하지 않았고 얼굴 표정은 더욱 단호해졌다.

"물건이 없는 것 아니오?"

"있습다."

"아까 물살에 휩쓸렸을 때 옷 보따리 잃어버리지 않았습메? 그래서 그 북조선 병사 외투를 얻어 입은 거이고."

"물건은 잃어버리지 않았습다."

"내 눈으로 보기 전에는 못 믿겠소."

은애는 외투에 가려져 있는 가슴을 손으로 탁탁 두드렸다.

"여기 있습다."

"봅시다."

은애는 브로커 박종태가 물건을 보기 전에는 꼼짝도 하지 않을 것 같았다.

외투를 벌리면 가슴이 드러나기 때문에 그녀는 뒤돌아서 목에 차고 있는 길쭉한 물건을 외투 밖으로 꺼낸 다음 다시 돌아섰다.

"자, 여기……."

그런데 박종태가 돌아서는 은애에게 불쑥 팔을 뻗더니 다짜고짜 물건을 잡으려고 했다.

"이게 무슨 짓임까?"

은애는 급히 뒤로 물러서 피하며 날카롭게 외쳤다.

"쌍! 이 간나, 그거 이리 못 내놓겠니?"

박종태는 포기하지 않고 무서운 얼굴로 달려들어 물건을 뺏으려고 했다.

은애는 몸을 돌려 강으로 뛰기 시작했다. 브로커가 졸지에 강도로 돌변할 것이라고는 상상도 못했다. 물건을 못 팔면 못 팔았지 뺏길 수는 없었다.

탁!

그런데 박종태의 손이 은애의 뒷덜미를 움켜잡았다.

은애는 외투를 벗어 던지고 죽을힘을 다해서 달아났다. 물건을 뺏기면 모든 게 끝장이다. 은애는 물론이고 아버지와 남동생마저 굶어 죽고 말 것이다.

이 세상천지에 은애네 가족을 도와줄 사람은 아무도 없었다. 김일성 어버이 수령님은 몇 년 전에 죽었고, 하늘처럼 믿고 있던 김정일 장군님과 빛나는 조선로동당도 인민들에게 허리띠를 졸라매라는 말만 되풀이하는, 이젠 허수아비 같은 존재일 뿐이다.

달도 없는 캄캄한 밤중에 두만강 강변을 깡마르고 하얀 몸뚱이가 사력을 다해 달리고 있다.

첨벙첨벙!

은애는 강으로 뛰어들었다. 무슨 일이 있어도 강 건너까지만 가면 거긴 북조선이니 박종태가 쫓아오지 못할 거라는 생각이 들었다.

첨벙첨벙!

그런데 뒤에서도 급박한 물소리가 들렸다. 박종태가 뒤쫓아오고 있었다. 오싹한 공포가 등골을 저몄다. 강도가 악마로 변한 것 같았다.

"이 쌍간나!"

콱!

"악!"

박종태가 뒤에서 두 손으로 은애의 목을 덥석 움켜잡았다.

은애는 두 팔을 미친 듯이 휘둘러 박종태를 때리려고 했고 실제 몇 대 때렸으나 그는 끄떡도 하지 않고 오히려 목을 조르고 있는 두 손에 더욱 힘을 주었다.

"끄으으……."

"쌍간나, 물건만 곱게 내놓으면 죽을 일은 없지 않겠니?"

박종태는 브로커가 아니라 강도, 그것도 살인자였다.

은애는 자신의 목을 점점 더 억세게 조르고 있는 박종태의 손을 두 손으로 뜯어내려 하고 또 손톱으로 마구 할퀴면서 발악했지만 그는 끄떡도 하지 않았다.

은애는 팔다리를 버둥거렸지만 점점 정신이 아득해져 왔다. 몇 달 전 중국에 돈 벌러 간 엄마와 엄마를 따라간 여동생 은주의 모습이 망막에 달라붙은 것처럼 생생하게 떠올랐다.

"은애야, 아바이하고 은철이 잘 돌봐라."
"언니야, 내 돈 많이 벌어오꾸마."

두만강 강변까지 따라 나온 은애에게 엄마와 은주는 그렇게 마지막 말을 남기고 밤 깊은 두만강을 건너갔다.

엄마와 은주 다음에는 시체처럼 깡마른 모습으로 집 안에 누워 있는 아버지와 남동생 은철의 모습이 차례로 떠올랐다.

'아바이… 은철아……'

은애의 몸이 푸들푸들 떨리다가 잠시 후 축 늘어졌다.

그런데도 박종태는 목을 놓지 않고 한동안 더 조르고 있었다. 은애는 간헐적으로 몇 번 더 후드득 몸을 떨더니 다시는 움직이지 않았다.

"헉헉헉! 독한 에미나이."

박종태는 은애를 왼팔로 안듯이 잡아서 눕히고는 그녀의 가슴에서 흔들거리는 길쭉한 물건을 잡아 낚아챘다.

툭!

슬쩍 힘을 주자 노끈이 맥없이 끊어졌고, 박종태는 물건을 손에 넣자 안고 있던 은애의 몸을 미련 없이 놔버렸다.

촤아!

은애의 하얀 몸은 허리 깊이의 강물에 던져지기 무섭게 물살을 타고 아래로 흘러내려 갔다.

　은애는 목돈을 만들어서 아버지와 남동생 은철이를 배불리 먹일 생각만 했지 자기가 목이 졸려 죽어서 두만강에 버려질 줄은 상상도 못했다.

　박종태는 강물 속으로 오르락내리락하면서 흘러가다가 어둠 속에 묻혀 버린 은애를 바라보면서 아깝다는 듯 중얼거렸다.

　"저 에미나이도 산 채로 갖다 팔면 5천 위안은 받을 수 있었을 건데……."

　박종태는 중국 쪽으로 첨벙거리며 걸어갔다. 그는 은애를 죽이면서까지 뺏은 물건을 쥔 손을 들어 올려 이리저리 살펴보았다.

　죽어가는 은애가 손톱으로 할퀸 바람에 그의 두 손은 온통 피투성이가 됐다.

　중국 쪽 강변으로 올라선 그는 물건을 꽁꽁 싼 낡은 무명천을 벗겨내더니 눈이 커다래지면서 탄성을 터뜨렸다.

　"오오……!"

　그의 두 손에는 한 자루의 칼이 놓여 있었다. 길이가 25㎝ 정도로 희면서도 푸르스름하고 은은한 빛을 흩뿌리고 있는 단검(短劍)인데 평범한 칼 같지가 않았다.

박종태는 눈을 희번덕이면서 무명천을 주워서 단검을 둘둘 말아 싸고는 서둘러 걸음을 옮겼다.

"우후후, 임자만 잘 만나면 만 위안도 너끈히 받겠는걸. 오늘 횡재했구먼."

그의 머리에서 은애라는 존재는 이미 잊힌 지 오래였다.

은애는 비틀거리면서 강물 밖으로 걸어 나갔다.

지금 이 순간에는 박종태에게 뺏긴 집안의 가보인 단검 같은 것은 생각나지도 않았다. 그저 한시바삐 집으로 돌아가서 아버지와 남동생 은철을 보고 싶을 뿐이었다.

"엄마… 아바이……."

강변으로 나와서 언덕으로 걸어가는데 하염없이 눈물이 흘러나오고, 엄마와 아버지, 그리고 은주, 은철이의 이름을 흐느끼면서 중얼거렸다.

은애는 여전히 벌거벗은 몸에 맨발이었지만 추운 줄도 몰랐고, 국경수비대에게 발각되면 곤란을 겪게 될 것이라는 두려움조차도 없었다. 그저 그녀는 계속 비틀거리면서 집으로 향했다.

여전히 캄캄한 어둠 속인데도 23년 동안 한 번도 벗어난 적 없어서 익숙한 무산 읍내와 장마당을 지나 야트막한 언덕길을 허위허위 올라갔다.

언덕 위에는 볼품없는 게딱지같은 집들이 다닥다닥 붙어 있고 그중 하나가 그녀의 집이다.

밤이 깊어서인지 집으로 돌아가는 길에 아무도 마주치지 않았다. 전기가 끊어진 지 오래라서 해만 지면 무산읍 전체는 암흑천지로 변한다.

이윽고 집에 도착한 은애는 잠겨 있지 않은 문을 밀고 마당으로 들어섰다.

"아바이!"

큰 소리로 부르면서 방문을 열고 안으로 들어가는데도 아무 소리도 나지 않았다.

캄캄한 방에는 은애가 나갈 때처럼 아버지와 은철이 이불을 깐 방바닥에 나란히 누워 있다.

은애는 아버지와 은철을 보자 와락 울음이 터져 나왔다.

"아바이!"

그녀는 쓰러지듯이 아버지 몸에 엎드리며 하소연했다.

"어쩌면 좋습까. 브로커에게 칼을 뺏겼습다."

그녀가 아버지 몸을 흔들면서 울부짖는데도 아버지는 죽은 것처럼 아무런 반응을 보이지 않았다.

그녀는 아버지가 이미 죽은 게 아닐까 싶어서 가슴이 철렁 내려앉았다.

"아바이! 눈 좀 떠보기요! 저 은애예요! 아바이!"

그래도 반응이 없자 이번에는 은철이를 잡고 흔들며 소리쳤으나 마찬가지였다. 은철이는 눈을 꼭 감고 손가락 하나 움직이지 않았다.

은애는 하늘이 무너지는 것만 같았다. 칼을 팔러 다녀오겠다고 집을 나갔다가 몇 시간 만에 돌아왔는데 아버지와 은철이가 죽었다는 사실이 믿어지지 않았다.

그래도 은애는 포기하지 않고 벌거벗은 몸으로 아버지와 은철이를 번갈아 흔들며 울부짖고 악을 썼다. 그럼에도 두 사람은 나란히 누운 채 미동도 하지 않았다.

"아아, 이를 어쩌면 좋아."

마침내 은애는 아버지와 은철이가 굶어 죽었다는 사실에 절망하며 방바닥에 퍼질러 앉아 흐느껴 울었다.

그런데 바로 그때, 죽은 줄 알았던 아버지가 조용한 목소리로 말했다.

"은철아, 자니?"

"안 잡니다."

은애는 기쁨의 비명을 지르며 아버지에게 달려들었다.

"아바이!"

그렇지만 어찌 된 일인지 아버지는 가만히 누워서 은철이하고만 얘기했다.

"늦어도 이틀만 참으면 된다. 은애가 연변에 가서 칼을 팔아 오면 이밥에 고깃국 배 터지게 먹자꾸나."

"네, 아바이."

"물이라도 마시겠니?"

"제가 떠 올게요."

"아니다. 아바이가 떠 오마."

아버지가 끙 하고 앓는 소리를 내며 일어서는 걸 보고 은애
는 아버지 앞을 가로막았다.

"아바이! 저 왔슴다! 아바이 큰딸 은애라고요!"

그런데 아버지가 비틀거리면서 은애의 몸을 그냥 통과해서
방 밖으로 나가 버렸다.

"아아……."

은애는 이게 어떻게 된 일인지 이해가 되지 않았다. 어째서
앞을 가로막았는데 아버지가 그녀의 몸을 그대로 통과해서
지나갈 수가 있다는 말인가.

"아아, 이게 무슨 일이야."

은애가 망연자실해 방에 서 있는데 아버지가 물그릇을 들
고 들어와 또다시 그녀를 통과해서 은철에게 갔다.

"물 마셔라."

은철이 힘겹게 일어나 앉았다.

"아바이 먼저 마셔요."

"나는 밖에서 마셨다. 물이라도 배불리 마셔라."

은애는 비틀거리며 다가가 두 사람 앞에 무릎을 꿇었다.

"아바이, 은철아."

아버지는 물을 마신 은철이를 부축해서 눕히고 자신도 그 옆에 누워서 중얼거렸다.

"은애가 무사히 돌아오기를 빌자."

"네, 아바이."

은애는 다시 두만강으로 돌아왔다. 그녀는 그리 오래 헤매지도 않고 중국 쪽 강변에 하늘을 보고 누워 있는 벌거벗은 여자의 시체를 발견했다.

은애는 한 번도 그런 모습을 본 적이 없지만 그게 바로 그녀 자신 조은애라는 사실을 알았다.

박종태에게 목이 졸려 죽은 은애는 두만강 물살에 무산이 끝나는 지점 맞은편인 이곳 중국 쪽 강변으로 밀려온 것이다.

은애는 자신의 주검 옆에 쪼그리고 앉아 하염없이 엉엉 소리 내서 서럽게 흐느껴 울었다.

1996년 11월 14일, 무산읍 두만강 상류에서 도강하던 스물세 살 조은애가 조선족 브로커에게 목이 졸려서 죽었다.

＊   ＊   ＊

병원 입원실 보조 침대에서 깜빡 잠이 들었던 정필(正弼)은 두 시간쯤 자다가 밤 열 시에 번쩍 눈이 떠졌다.

저녁 식사를 하고 나서 할아버지하고 잠깐 대화를 나누고 있었는데 어떻게 된 일인지 갑자기 기면증에라도 걸린 것처럼 픽 쓰러져서 잠에 빠졌다.

"피곤했구나."

휴대용 소형 녹음기로 흘러간 옛 노래를 듣고 있고 있던 할아버지가 볼륨을 줄이고 자상한 눈빛으로 정필을 바라보았다.

"네, 정신없이 잤어요."

올해 74세의 할아버지는 감기가 폐렴으로 번져서 닷새 전에 병원에 입원했다.

아침에 엄마가 죽 같은 것을 갖고 와서 할아버지 병 수발을 하고 저녁에는 정필이 교대해서 할아버지 말동무를 해주며 보조 침대에서 잔다.

주름이 자글자글하지만 콧대가 높고 서글서글하며 인자한 눈빛의 할아버지 최문용(崔文庸)이 걱정스러운 얼굴로 손자 정필을 굽어보았다.

"너 안색이 안 좋구나. 악몽을 꾸었니?"

"네… 아니에요. 악몽은 아니고……."

정필은 고개를 끄떡이다가 곧 고개를 가로저으며 애매한 표정을 지었다.

"저 꿈 거의 안 꾸는 거 할아버지도 아시잖아요."

"그렇지."

"그런데 조금 전에 잠들었을 때 마치 현실처럼 생생한 꿈을 꾸었거든요. 물론 꿈속에서는 그게 너무 생생해서 꿈이 아니라 현실이라는 생각이 들었고요."

"어떤 꿈이었는지 말해보라우."

최문용은 정필이 어려서부터 꿈을 거의 꾸지 않을 뿐만 아니라 아까처럼 밥 먹고 나서 기면증 환자처럼 픽 쓰러져서 잠든 적이 한 번도 없었다는 걸 잘 알고 있기에 궁금한 얼굴로 말했다.

정필은 꿈이 너무나 생생해서 기억을 더듬을 필요도 없었다.

저녁 식사 후에 할아버지가 누워 계신 침대 옆 보조 침대에 앉아서 할아버지하고 잠시 대화를 나누다가 정필은 쓰러져서 금세 잠이 들었고, 곧장 어떤 상황이 벌어졌다.

꿈속에서 정필은 달도 없는 캄캄한 밤중에 어느 황량하고 낯선 강변에 서 있었다.

그리고 그의 앞에는 벌거벗은 여자가 쪼그리고 앉아서 하염없이 흐느껴 울고 있었다.

정필은 그 여자를 생전 처음 봤지만 이상하게도 낯설다는 느낌이 조금도 들지 않았다.

그 반대로 외려 오래전부터 잘 알고 있는 사람 같은 친근함마저 들었다.

그녀는 자기 이름이 '조은애'라고 했으며, 북한 무산읍에 살고 있는데 집안의 가보인 칼을 팔기 위해 중국 연변으로 가려고 도강했다가 조선족 브로커에게 칼을 뺏겨서 울고 있다고 했다.

그러면서 집에는 아버지와 남동생이 닷새나 굶어서 누워 있으며, 자기가 칼을 팔아서 돈을 마련하지 못하면 아버지와 남동생이 굶어 죽고 말 거라면서 펑펑 울었다.

그녀 조은애는 정필 앞에 무릎을 꿇고 머리를 조아리면서 제발 도와달라고 애원했다.

정필이 그녀를 처음 봤을 때 울고 있었으며 꿈에서 깨기 직전까지도 울고 있었다. 정필이 기억하는 조은애의 모습은 울고 있다는 것뿐이다.

그녀의 이야기를 다 듣는 데 10분도 걸리지 않은 것 같은데 깨어나니 두 시간이 흘러 있었다.

아니나 다를까, 정필의 설명을 묵묵히 들으면서 할아버지 최문용은 소리 없이 눈물을 흘리고 있었다.

최문용은 실향민이다. 함경북도 회령(會寧)이 고향인데 6.25전쟁이 끝나가는 1.4후퇴 때 흥남부두에서 미군 함정을 타고 여덟 살짜리 아들 하나만 데리고 피난을 나왔다.

정필의 기억으로는 그가 어렸을 때나 지금이나 할아버지는
북한 얘기만 나오면 하염없이 눈물을 흘렸다.

할아버지 형제는 칠 남매라고 하는데 지금까지 백방으로
수소문을 하고 KBS 이산가족 찾기 방송에도 나가보았으며,
이후 남북 이산가족 상봉 때도 여러 번 신청했지만 운이 닿지
않아서인지 형제는커녕 먼 친척의 안부조차도 듣지 못했다.

서른한 살 새파란 나이에 여덟 살배기 아들 하나만 업고 피
난을 나오셔서 장장 43년 동안 북한의 부모님과 형제자매의
생사조차 알 길이 없었다.

그러니 그저 그가 바라는 일이란 죽기 전에 통일이 되든가
아니면 남북 이산가족 상봉 때 북에 두고 온 부인이나 형제자
매 손이라도 한번 잡아보는 것이었다.

그런 최문용은 손자 정필의 입을 통해서 마치 자신이 직접
겪은 것처럼 북한 땅 무산에 산다는 여자의 기구한 사연을 들
으니 가슴이 먹먹하고 가련해서 눈물이 나지 않을 수가 없었
다.

"할아버지."

"오냐. 나는 괜찮다."

최문용은 애잔한 얼굴로 눈물을 닦으며 말했다.

"네가 꿈에서 봤다는 처자가 무산에 산다더냐?"

"네."

"무산은 내 고향 회령에서 지척이지. 두만강 상류를 따라 올라가면 차로는 한 시간이고 걸어서도 한나절이면 갈 수 있는 곳이다."

창밖을 바라보고 있는 최문용의 눈에는 고향 회령의 아름다운 산하가 아스라이 보이는 듯했다.

다음 날 아침, 병원에 작은 소란이 일어났다.

정필이 병원 근처 식당에서 아침 식사를 하고 병원으로 돌아와 마당 벤치에 앉아 담배를 피우다가 갑자기 쓰러져 의식을 잃었기 때문이다.

그렇지만 정필은 정확하게 두 시간 후 응급실 침대에서 아무 일도 없었다는 듯 눈을 떴다.

옆에는 소식을 듣고 달려온 엄마와 여동생이 눈물바람을 하고 있고, 정필의 팔에는 링거 호스가, 가슴과 머리에는 전선들이 어지럽게 연결되어 있었다.

"정필아! 아이고, 이놈아!"

"오빠! 정신이 들어?"

엄마와 여동생 선희가 그를 부둥켜안고 외마디 비명을 지르는데도 그는 딴생각을 하고 있었다.

방금 전에 그는 꿈을 꾸었고, 꿈속에서 어젯밤 꿈에서 만난 여자 조은애를 또 봤을 뿐만 아니라 어젯밤과 조금도 다르지 않는 똑같은 장면이 연출되었던 것이다.

이틀 후, 최문용의 폐렴이 완치되어 퇴원했다.

그날 저녁에 정필의 반포 집에서 가족회의가 열렸다. 가족회의에는 정필은 물론이고 부모님과 여동생, 할아버지 최문용까지 온 가족 다섯 명이 거실에 모였다.

가족회의는 정필 때문에 열렸다. 3일 전 저녁 식사 후에 병원 보조 침대에서 갑자기 잠들었던 정필은 북한 무산에 산다는 여자의 꿈을 꾸었다.

그런데 그때 이후 정필은 밥만 먹었다 하면 아무 데서나 쓰러져서 잠이 들었고, 그러면 어김없이 그 여자 꿈을 꾸었으며, 꿈의 내용은 한 치의 틀림도 없이 똑같았다.

일이 이쯤 되니 정필은 밥을 먹는 게 께름칙해졌다. 꿈속에서 여자를 만나 똑같은 얘기를 듣고 똑같은 장면을 봐야 하는 것 때문이 아니라, 밥만 먹고 나면 때와 장소를 가리지 않고 정신을 잃어버렸기 때문이다.

할아버지에게 물려받은 중소기업을 운영하는 아버지와 전업주부인 엄마, 올해 여대를 졸업하고 취업 준비를 하고 있는 여동생 선희까지 정필이 겪는 해괴한 사건을 두고 한 시간 남짓 열띤 토론을 벌였다.

그러나 정작 당사자인 정필은 묵묵히 앉아만 있고, 할아버지는 어두워진 창밖을 물끄러미 내다보고만 있었다.

"내일 대학병원에 가서 정밀검사를 받아보자. 아무래도 네 몸에 이상이 생긴 것 같구나."

엄마 고성숙 여사가 걱정이 늘어진 표정으로 정필을 달래듯이 말했다.

아버지 최태연은 내키지 않는다는 얼굴로 정필을 보았다.

"특전사 출신인 정필이가 몸에 이상이 있었다면 군대에 있을 때 벌써 알았겠지."

아버지는 최문용을 쳐다보며 조언을 구했다.

"아버님 생각은 어떠십니까?"

"보내자."

그런데 최문용은 밑도 끝도 없이 불쑥 내뱉었다.

"네? 어딜 말입니까?"

"아무래도 그건 보통 꿈이 아닌 것 같다. 내 생각에는 그 처자가 정필이를 간절하게 부르고 있는 것 같구나."

"그런……."

"설마……."

최태연과 고성숙, 선희는 말도 안 되는 소리라는 표정을 지었지만 뒷말은 하지 않았다.

정필이 처음으로 입을 열었다.

"제 생각도 할아버지하고 같습니다."

최문용은 희미한 미소를, 가족들은 한 대 얻어맞은 것 같은 멍한 표정을 지으며 정필을 쳐다보았다.

어려서부터 딱 부러지는 성격인 정필은 이미 결정을 내린 것 같은 얼굴로 말했다.

"이런 식으로 살 수는 없습니다. 밥만 먹으면 쓰러지다니 그게 말이 됩니까? 그러니까 제가 직접 두만강이라는 곳에 갔다 오겠습니다. 그러면 해결될 겁니다."

제2장
두만강 푸른 물에

　3일 후 오후 2시쯤에 정필은 중국 길림성 연변조선족자치주 연길(延吉)시에 도착했다.

　비행기로 북경에 도착하자마자 열차를 탔으며, 그때가 밤 8시 42분이었는데 연변에는 이틀이 지난 1시 55분에 도착한 것이다.

　열차를 타고 오는 동안 침대칸에서 두 끼 식사를 했으며, 어김없이 기절하듯 잠에 빠져서 무산에 사는 조은애 꿈을 꾸었다. 꿈 내용이 똑같다는 것은 두말할 필요가 없다.

　정필은 한국을 출발한 이후 3일 동안 열차 침대칸에서 두

끼 먹은 것이 전부이다.

먹으면 쓰러져서 조은애 꿈을 꾸는 것이 두려워서가 아니라, 치안 상태가 형편없는 중국 내 열차에서 정신을 잃었다가 무슨 일을 당할지 모르기 때문이었다.

두툼한 검정색 파카에 청바지 차림의 정필은 연길 역전에 늘어선 택시 쪽으로 걸어갔다.

낡고 볼품없는 중국산 택시 사이에 폭스바겐이나 포드, 한국산 현대 로고의 택시가 몇 대 보였다.

택시 천장에는 '출조(出租)'라는 글이 적힌 등이 붙어 있는데, 중국의 택시가 추주처(出租車)라고 부른다는 것을 정필은 며칠 전 여객기 안에서 처음 알았다.

택시 기사 몇 명이 우르르 정필에게 몰려와서 시끄럽게 중국말로 떠들어댔다.

"한국어 하는 사람 없습니까?"

정필의 말에 저만치 떨어져서 담배를 피우던 택시 기사 한 명이 손을 들었다.

"내가 조선족이오!"

정필은 그쪽으로 걸어갔다.

조선족 택시 기사가 담배를 입에 물고 연신 뻐끔거리면서 물었다.

"어디까지 갑니까?"

정필은 담배 한 대를 입에 물고 불을 붙인 후 말했다.

"무산 갈 수 있습니까?"

택시 기사는 고개를 절레절레 가로저었다.

"북조선에는 가지 못하오."

"무산을 바라볼 수 있는 두만강 근처면 됩니다."

"그렇다면 갈 수 있소."

30대 중반에 허름한 검정 양복 차림, 짙은 색 싸구려 라이방을 쓰고 제 딴에는 멋을 낸 택시 기사는 뒷짐을 지고 흥정을 해왔다.

"가는 데만 다섯 시간 걸리오. 갔다가 다시 올 거요?"

"그럴 생각입니다."

"그렇다면 아예 택시를 하루 대절하시오. 그럼 나도 편하게 댕겨 오겠소."

"얼마면 됩니까?"

택시 기사는 정찰제라도 되는 듯 딱 잘라 말했다.

"300위안 내시오."

300위안이면 한국 돈으로 3만 6천 원 정도이다. 한국에서 택시를 하루 전세 내려면 적어도 10만 원 이상은 줘야 하니까 아주 싼 편이다.

그렇지만 정필은 여기에 오기 전에 중국, 특히 연변의 물가나 외국인에 대한 택시 바가지요금에 대해서 조사했기 때문에 선뜻 대답하지 않고 묵묵히 서 있었다.

택시 기사는 건장한 체격에 꽤 잘생긴 한국인 청년을 힐끔 쳐다보더니 새 요금을 제시했다.

"250위안. 그 아래로는 죽어도 앙이 되오."

중국 샤리(夏利) 자동차에서 나온 붉은색의 택시는 뽑은 지 얼마 안 되는 새 차인데도 심하게 털털거렸다.

정필이 나중에 알게 된 거지만 중국인이나 조선족들은 같은 택시 요금을 주고 중국산 샤리 택시를 타지 않고 폭스바겐이나 한국 현대자동차의 택시를 탄다는 것이다. 현지에서는 붉은색의 샤리 택시를 홍샤리라고 부른다고 한다.

택시는 용정(龍井)과 화룡(化龍)을 거쳐서 남쪽으로 내달렸다. 자기 이름을 김길우라고 소개한 택시 기사는 출발하자마자 쉴 새 없이 속사포처럼 떠들어댔다.

정필은 그가 떠들도록 내버려 두고는 차창 밖으로 펼쳐지는 우거진 삼림(森林)을 바라보았다.

그가 알고 있는 지리 상식에 의하면 저 산악지대는 아마도 백두산 동쪽 자락일 것이다.

그의 머릿속은 밥만 먹으면 잠에 빠져서 만나는 조은애라는 여자에 대한 생각으로 가득 차 있었다.

"저기 좀 보시오."

그때 택시 기사 김길우가 앞쪽을 가리켰다.

정필이 앞창을 통해서 보니 저만치 전방에서 두 사람이 이쪽으로 걸어오고 있었다.

점점 가까워지고 있는 두 사람은 모녀로 보이는 두 여자였다. 나이든 여자는 40대가 훌쩍 넘었고 딸은 열다섯 살 남짓 돼 보였는데 형편없이 남루한 옷차림을 하고 있었다.

"북조선 에미나이들이오."

김길우의 설명에 정필은 움찔 놀라 반사적으로 시트에서 엉덩이를 떼고 모녀를 조금 더 자세히 살펴보았다.

"하루에도 수백 명씩 북조선 사람들이 두만강하고 압록강을 넘어서 먹을 걸 찾아 중국으로 오고 있지 않겠슴메?"

"왜 그러는 겁니까?"

"배가 고파서 길티 어째 그러겠소."

"배가 고파서……."

정필은 할아버지나 아버지와는 달리 북한 사정에 대해서 아는 게 별로 없으며 구태여 알려고 노력하지도 않았다.

김길우가 더 설명할 시간도 없이 모녀가 택시 왼쪽으로 스쳐 지나갔다.

정필은 재빨리 몸을 왼쪽 창에 붙이고 그녀들을 살펴보려고 했으나 이미 지나가 버렸기에 몸을 돌려 뒤 창문을 통해서 쳐다보았다.

"차 세워요!"

그러다가 정필이 급히 외치자 깜짝 놀란 김길우가 급브레이크를 밟았다.

"어째 그러오?"

정필이 대꾸하지 않고 택시에서 내리려고 하자 김길우가 만류했다.

"남조선 양반, 그러지 마시오!"

그러나 정필은 이미 택시에서 내려 모녀를 향해 뛰어가고 있었다.

탁탁탁탁탁!

"기다려요!"

정필은 모녀를 뒤쫓아 전력으로 달리면서 외쳤다.

모녀는 뒤돌아보고 정필을 발견하더니 깜짝 놀라며 크게 당황하는 것 같았다. 그러더니 엄마가 딸의 손을 덥석 잡고는 도망치기 시작했다.

"도망가지 마세요! 해치지 않습니다!"

정필은 최대한 부드럽게 말하려고 애쓰면서 외쳤지만 특전사 하사 특유의 딱딱한 어투가 지금도 여지없이 발휘되고 있었다.

모녀는 비틀거리면서 잘 뛰지 못했다. 아니, 20m쯤 뛰다가 제풀에 지쳐 도로 가장자리에 풀썩 주저앉았다. 그러고는 모녀가 서로 꼭 끌어안고 자신들을 향해 뛰어오는 정필을 두려운 표정으로 바라보았다.

정필은 모녀에게 달려와서 청바지 앞주머니에서 지갑을 꺼내 중국 인민폐를 되는대로 집어서 꺼내 그 앞에 쪼그리고 앉았다.

"받아요."

여자는 100위안짜리 인민폐 여러 장을 보고는 눈을 화등잔처럼 크게 뜨고 놀라더니 정필을 쳐다보았다.

"이걸 왜……."

"그냥 드리는 거니까 받으세요. 그리고 이 돈으로 먹을 걸 구해서 집으로 돌아가세요."

가까이에서 보니 여자는 40대보다 훨씬 늙어 보였으며 뺨과 눈이 움푹 꺼지고 깡마른데다 얼굴은 병자처럼 누렇게 떠 있었다. 정필이 보기에 영양실조 같았다.

그녀는 돈을 받으려고 갈퀴처럼 앙상한 손을 내밀다가 멈추고 정필을 바라보았다.

"그런데 누구십니까?"

"아, 저는 한국에서 온 최정필이라고 합니다."

여자는 고개를 갸웃거렸다.

"한… 국이 어딥니까?"

"대한민국, 아니, 남조선입니다."

"에구머니!"

정필이 미소 지으며 대답하자 여자는 소스라치게 놀라 뒤로 엉덩방아를 찧으며 자빠졌다.

여자는 일어날 생각도 하지 않고 딸을 품에 끌어안으며 입에 거품을 물고 악을 썼다.

"저리 가라! 미제 앞잡이! 누구에게 감히 헛된 수작을 부리는 거임메?"

"아주머니……."

정필은 그저 모녀가 불쌍해서 돈을, 그것도 몇백 위안이나 되는 거금을 선뜻 주려던 것뿐인데 미제 앞잡이니 뭐니 하는 욕을 먹으니까 어이가 없었다.

"날래 갑시다."

정필의 뒤에 서 있는 김길우가 재촉했다.

"중국으로 도강한 사람이 남조선 사람하고 접촉하는 거이 발각되면 그냥 총살이우다."

"아……!"

정필은 해머로 뒤통수를 호되게 한 대 얻어맞은 것 같은 충격을 받았다.

정필이 탄 택시는 다시 무산, 아니, 무산이 바라보이는 중국 쪽 두만강을 향해 출발했다.

김길우는 운전을 하면서 조금 전 상황에 대해서 보충 설명을 해주었다.

　"북조선 사람들은 한국이나 대한민국이라고 하면 알아듣지 못하오. 남조선이라고 해야 알아듣지."

　정필은 창밖에 시선을 고정시키고 파노라마처럼 펼쳐지고 있는 첩첩산중을 보고 있지만, 머릿속에는 조금 전 본 모녀에 대한 생각으로 가득 차 있었다.

　"북조선에선 배급을 주지 못하니까 백성들이 무더기로 굶어 죽고 있는 판국이라 도강하여 중국에서 먹을 걸 구해 오는 걸 알면서도 심하게 단속하지 않고 있소."

　깊은 산중이라서 해가 빨리 떨어지고 주위가 어둑어둑해지고 있었다.

　"길티만 북조선 사람들이 만나면 아니 되는 종류가 둘 있소. 그거이 바로 남조선 사람하고 예수쟁이요. 만약 북조선 사람이 그치들하고 접촉했다는 게 발각되면 인민재판이고 뭐고 필요 없이 바로 즉결 처형이우다."

　아까 그 모녀는 도대체 얼마나 세뇌를 당했기에 피골이 상접한 몰골을 하고 먹을 걸 구하러 중국에 넘어왔으면서도 정필이 남조선 사람이라는 사실에 몇백 위안이라는 거금을 마다하고 미제 앞잡이라고 악을 써대는 것인지 모르겠다.

목적지에 도착했을 때에는 이미 사위가 많이 어두워져 희뿌연 잔광만 남아 있었다.

"저기가 무산읍이우다."

멈춘 택시 옆에 두 사람이 나란히 섰는데 김길우가 저 아래쪽 굽이쳐 흐르는 두만강 너머 마을을 가리켰다.

너무 먼데다 어두워지기 시작해서 제대로 보이지가 않았고, 무산읍에는 불이 켜져 있는 곳이 한 군데도 없었다.

정필이 최초로 받은 무산읍에 대한 느낌은 황량하고 을씨년스럽다는 것이다.

하지만 정필은 무산읍을 보려고 이 먼 곳까지 온 게 아니라 조은애를 만나러 왔다.

어떻게 하든지 그녀를 만나서 정필에게 나타나는 괴이한 기면증 같은 현상을 해소시켜야만 한다. 어떻게 해소해야 하는지는 모르겠지만 그녀를 만나기만 하면 뭐든 해결책이 있을 거라는 생각이 들었다.

그렇지만 저 아래 두만강가에 조은애가 있을 것이라는 생각은 들지 않았다.

그것은 그냥 괴이한 꿈이었을 뿐이고, 여기까지 헛걸음을 했을지도 모른다는 생각이 자꾸 들었다.

그래도 단서는 두만강가에서 조은애가 울고 있을 것이라는 사실 하나뿐이고, 여기까지 왔으니까 무조건 내려가 봐야 한다. 선택의 여지가 없었다.

"여기서 기다리십시오."

정필은 김길우에게 택시 하루 대절료 250위안 중에 선불로 100위안을 주고 강가로 뻗은 약간 가파른 오솔길을 따라서 100m쯤 내려갔는데 길이 좌우 두 갈래로 갈라졌다.

그는 왼쪽 오솔길을 택해서 무산읍 왼쪽 끄트머리 하류 쪽으로 내려갔다.

무산읍 동쪽 끝을 기점으로 하류에서부터 상류로 올라가면서 훑을 생각이다.

오솔길을 다 내려왔지만 강가에 잡목이 우거져서 접근하기가 쉽지 않아 상류로 뻗은 오솔길을 따라 천천히 걸으면서 강에서 시선을 떼지 않았다.

그런데 얼마 가지 않아 오솔길이 끊어지더니 우거진 잡목이 앞을 가로막고 있어서 더 이상 전진할 수가 없는 상황이 돼버렸다.

그렇다고 포기할 수도 없어서 캐주얼 등산화를 벗어서 끈으로 묶어 목에 걸고 청바지를 무릎까지 걷은 후 강가 쪽 몇 그루 싸리나무 같은 것들을 헤치고 강으로 가볍게 훌쩍 뛰어내렸다.

바삭!

날렵하게 강 가장자리 얕은 곳으로 뛰어내렸다. 살얼음이 깨지면서 강물에 내려섰는데 차가웠지만 이 정도는 충분히 견딜 수 있었다.

특전사 생활 4년 동안 이런 것과는 비교도 할 수 없는 고난도 훈련과 작전으로 다져진 몸이다.

수심이 무릎 위까지 찼지만 정필은 개의치 않고 천천히 상류로 거슬러 올라갔다.

밤하늘에 반달이 떠 있어서 사물을 흐릿하게나마 구별할 수 있었다.

정필은 강에서 올라와 강가 모래사장으로 걸었다. 강 건너에는 무산읍이 끝나고 야트막한 야산이 시작됐으며, 두만강은 천천히 왼쪽으로 활처럼 휘어졌다.

그는 강가 모래사장을 천천히 걸으면서 시선을 강 건너에 주었다. 강 건너 강둑에는 약 200m 간격으로 띄엄띄엄 초소 같은 것이 희끄무레하게 보였다.

조금 전에 정필이 유심히 살펴보니 초소에서 총을 멘 병사 하나가 나와서 강둑 위로 일정한 거리를 걸어갔다가 돌아와서는 다시 초소로 들어갔다.

만약 북한 국경수비대 초소에서 야시경(야간 투시경)을 사용한다면 이쪽 강가에서 서성거리고 있는 정필의 모습이 보일수도 있겠지만, 그렇다고 해서 그들이 어떻게 할 거라는 생각은 들지 않았다.

정필은 북한과 중국 두만강 접경 지역, 즉 두만강 조중국경에서는 휴전 이후 아직 한 번도 총격 사태가 없던 것으로 알고 있다.

또한 중국 쪽 강가에 사람이 얼쩡거린다고 해서 무조건 사격할 수는 없는 일이다. 그리되면 중국과 북한 사이에 껄끄러운 일이 벌어질 것이다.

정필은 두만강이 왼쪽으로 구부러진 끝 지점에 둥글게 튀어나온 곳처럼 생긴 지형에 멈춰 섰다.

거기에서 동쪽, 즉 왼쪽을 보니 무산읍내 한가운데에서 직선으로 죽 그으면 그 끝에 그가 서 있다.

말하자면 대낮에 여기에서 보면 무산 읍내가 한눈에 보일 것 같았다.

그러나 그가 걸음을 멈춘 이유는 그래서가 아니었다. 이곳 지형이 매우 낯익었기 때문이다. 꿈속에서 자주 본 바로 그 장소가 틀림없었다.

그때부터 정필이 몇 번이나 주위를 오락가락하면서 둘러보고 또 곳곳을 자세히 살폈지만 꿈속에서 만난 조은애는 어디에도 보이지 않았다.

쏴아아!

제법 매서운 강바람이 불자 정필이 서 있는 뒤쪽의 풀숲이 자지러지는 소리를 내면서 흔들렸다.

그는 북한 쪽을 응시하면서 그 자리에 망부석이 된 듯 우두커니 서 있었다.

'자, 이제 어떻게 한다?'

언제까지 이곳에 대책 없이 서 있을 수는 없는 노릇이었다. 조은애가 나타날 것이라든가 아니면 정필에게 일어나고 있는 알 수 없는 현상을 해결할 수 있는 방법을 알게 된다는 확신이라도 있다면 몇 시간이 아니라 며칠이라도 여기에 서 있을 수 있었다.

하지만 지금으로선 모든 것이 다 막연하고 또 불확실한 것뿐이다.

이제 와서 생각해 보니 정필이 여기까지 직접 왔다고 해서 조은애를 만난다는 보장도 없었다. 너무나 답답해서 무작정 달려와 본 것뿐이다.

너무 서둘렀다는 생각이 들긴 했지만 후회하는 것은 아니다. 정필은 지금까지 살아오면서 할 것이냐 말 것이냐 하는 상황이 닥치면 일단 해놓고 보는 성격이었다. 그래야 나중에 후회를 하지 않을 것이기 때문이다.

손목의 전자시계를 보니 택시에서 내린 지 벌써 한 시간이 지나고 있었다. 택시 기사 김길우를 이대로 계속 기다리게 할 수는 없었다. 어쩌면 그가 그냥 가버릴 수도 있다는 생각이 들었다.

그런데 그때 강 너머를 바라보던 정필의 눈이 빛났다. 강둑에 뭔가 희끗한 것이 나타났다. 정필이 북한 국경수비대 병사인가 싶어서 쳐다보고 있는 중에 그 희끗한 것이 강둑 아래로 달려 내려오고 있다.

그는 몹시 긴장한 얼굴로 그 물체를 뚫어지게 주시했다. 거리가 멀고 어두워서 마치 하얀 빨래가 바람에 너울너울 날리는 것처럼 보였다.

그런데 그 물체가 다가오는 속도가 매우 빨랐으며, 잠시 후에는 정필이 서 있는 곳의 강 건너편에 이르렀다.

'조은애!'

희끗한 물체가 사람, 그것도 여자이며 벌거벗은 나체라는 걸 확인한 순간 정필은 속으로 부르짖었다.

그런데 은애는 강폭이 좁은 급류 위를 둥둥 떠서 빠른 속도로 미끄러지며 정필에게 다가왔다.

'사람이 아니다!'

정필은 머리카락이 쭈뼛했지만 그것뿐, 더 이상의 반응은 하지 않았다.

그렇지만 그는 확실히 놀랐다. 조은애가 사람이 아닐 거라는 생각은 하지 않았다. 그녀가 하소연을 할 때도 조선족 브로커에게 칼을 뺏겼다고만 했지 자신이 죽었다는 말은 한 적이 없었다.

정필은 은애의 얼굴에 백합꽃이 활짝 핀 것처럼 기쁜 표정이 환하게 떠오른 것을 보았다. 아마도 그녀가 정필을 발견했기 때문일 것이다.

은애는 30m 폭의 강을 단숨에 나는 듯이 건너와 정필 앞에 멈추고 너무 기쁜 나머지 두 손을 기도하는 것처럼 모아 가슴 앞에 세웠다.

"왔군요!"

"조은애 씨?"

"네, 제가 조은애임다!"

조은애는 정필의 할아버지 최문용이 사용하는 함경북도 사투리로 씩씩하게 대답했다. 그녀는 얼마나 기쁜지 눈물까지 글썽거리면서 어쩔 줄 몰라 했다.

"당신이 정말 여기까지 올 줄은 몰랐슴다. 그런데 당신, 진짜 사람 맞슴까? 지금까지처럼 혼령만 온 게 아임까?"

정필은 조은애를 꿈이 아니라 현실에서 직접 보고 또 그녀가 혼령이라는 사실에 크게 놀랐지만 두려운 마음은 조금도 들지 않았다.

꿈속에서도 그녀가 오래전부터 알고 있는 사람처럼 친근했는데, 막상 만나니까 신기하게도 그런 느낌이 더 강해지는 것 같았다.

정필은 빙그레 미소 지었다.

"사람 맞습니다. 그런데 내가 여기에 왔었습니까? 그렇다면 그건 혼령이었습니까?"

은애는 혼령이면서도 벌거벗고 있는 것이 부끄러워서 한 손으로는 가슴을 가리고 다른 손으로는 하체의 은밀한 부위를 덮고 얼굴을 붉혔다.

"네. 당신 혼령이 모두 열한 번 여기에 왔었습다. 그래서리 제가 울면서 도와달라고 빌었습다. 그런데 당신이 정말 오다니… 이거이 꿈만 같습다."

"어떻게 나를 불렀습니까?"

"모릅니다. 제가 울고 있으면 갑자기 당신이 불쑥 나타났습다. 그래서리 그때마다 제가 울면서 당신에게 도와달라고 사정한 거이 아임까?"

정필은 진지한 표정을 지었다.

"내가 뭘 도와주면 됩니까?"

은애는 갑자기 생각난 듯 근심 어린 표정으로 무산읍 쪽을 가리켰다.

"내래 지금 집에 갔다가 오는 길이 아니겠습까? 아버지하고 남동생이 다 죽어가고 있습다. 벌써 열하루째 굶었습다. 4일 전에 이웃집 아지매가 강냉이죽 한 그릇을 갰다주었는데 아버

지하고 은철이는 힘이 없어서리 먹지도 못합디다. 어카면 좋슴
까?"

은애의 함경북도 사투리 악센트가 강했지만 정필은 평소
할아버지의 사투리를 들었기에 어렵지 않게 알아들었다.

정필은 막막한 기분으로 완전히 어둠에 잠긴 무산읍을 물
끄러미 바라보았다. 저기 어디에 은애의 아버지와 남동생이
굶어서 죽어가고 있다지만 정필로서는 어떻게 해야 할지 방법
이 없었다.

"내가 할 수 있는 일이 없습니다. 저긴 북한입니다."

"북한이 뭡니까?"

"북조선 말입니다."

은애는 애원했다.

"아버지와 남동생은 저대로 놔두면 오늘이나 내일을 넘기지
못할 거우다. 살려주시오, 제발."

은애는 혼령인데도 꿈에서 본 것처럼 구슬프게 눈물을 뚝
뚝 흘렸다. 그 모습이 하얀 꽃에서 이슬방울이 떨어지는 것처
럼 청초하고 더욱 슬퍼 보였다. 그리고 그녀의 뼈를 깎는 듯한
슬픔이 정필에게도 전해졌다.

"어떻게 하면 되는지 방법을 말해보십시오."

그렇게 말하면서도 정필은 방법이 없을 것이라고 생각했다.

"당신이 저하고 같이 집에 가서리 아버지와 남동생을 데리

고 중국으로 도망가면 어떻습까?"

"날더러 북한… 아니, 북조선에 들어가라는 말입니까?"

정필은 어이없다는 표정을 지었다가 그런 표정을 절박한 심정의 은애가 보게 되면 실망할까 봐 얼른 진지한 얼굴로 바꿨다.

"무산은 한밤중만 되면 개미 새끼 한 마리 다니지 않습다. 국경수비대를 지나는 거는 거저먹기고 보안원이나 규찰대도 돌아댕기지 않습다. 그니끼니 그냥 가서 아버지하고 남동생을 들쳐 업고 오면 되는 겁니다. 무산읍은 제가 손바닥에 손금 보듯이 훤하게 압다."

"나 혼자 두 사람을 업고 뛰라는 말입니까?"

은애는 여전히 손으로 가슴과 아랫도리를 가린 채 정필을 아래위로 쳐다보았다.

"당신은 굉장히 크군요. 거인 같습다. 저는 당신처럼 큰 사람을 본 적이 없습다. 당신이라면 아버지와 남동생을 충분히 업을 수 있을 거우다."

정필은 자신이 직접 북한 땅에 잠입하여 두 사람을 구출해 오는 것은 말도 안 되는 일이라고 생각했다.

하지만 지금으로선 그것밖에는 달리 방법이 없었다. 그래서 그는 그 말도 안 되는 일을 실행하기로 마음먹었다. 밤에는 무산읍에 개미 새끼 한 마리 돌아다니지 않는다는 은애의 말이 사실이라면 해볼 만한 일이었다.

은애가 불쌍한 것도 있지만 그렇게 해야지만 정필 자신이 밥만 먹으면 기절하는 해괴한 병에서 해방될 수 있을 것이기 때문이다.

은애의 요구를 들어주지 않으면 그녀는, 아니, 그녀의 혼령은 절대로 정필을 놔주지 않을 것 같았다.

어떻게 해서 이미 죽은 은애가 혼령으로 남았으며 정필하고 연결됐는지는 여전히 의문이지만, 그런 것은 나중에 해결하기로 했다.

아니, 밥 먹고 기절하는 현상만 없어진다면 그런 것이 왜 생겼는지는 몰라도 된다는 생각이다.

정필은 은애를 강가에 남겨두고 도로에 서 있는 택시로 돌아갔다. 김길우에게 좀 더 기다려 달라고 말하기 위해서다.

은애는 정필이 자신 혼자만 강가에 남겨두고 가는데도 꼭 돌아오라는 말을 하지 않았다.

그가 다시 돌아올 것이라고 굳게 믿는 것 같았다. 하긴, 한국에서 여기까지 날아온 그가 아닌가.

정필은 너무 오래 기다렸다고 투덜대는 김길우에게 100위안을 주면서 계속 기다려 주면 연변으로 돌아가서 나머지 요금 150위안을 주겠다고 말했다.

총 350위안을 벌게 된 김길우는 아예 밤을 새우고 내일 아침에 와도 괜찮다고 껄껄 웃으며 너스레를 떨었다.

정필이 강가로 다시 돌아가자 처음 그 자리에 오도카니 서 있는 은애는 그를 보고 배시시 웃었다.

그녀의 웃음에 정필은 묘한 기분을 느꼈다. 지금껏 수많은 미소를 봤지만 은애의 미소처럼 정감 있고 사람을 편하게 해 주는 미소를 대한 적이 없었다.

아까는 경황 중이라서 몰랐는데 지금 보니 은애는 참 곱고 예뻤다.

정필이 여태까지 봐온 한국의 미인들하고는 격이 다른 순결함과 청초함을 지닌 전형적인 한국형 미인이었다. 남남북녀라더니 그 말이 맞는 것 같았다.

"10시쯤 가는 게 좋겠습다."

"그럽시다."

정필은 막상 북한으로 들어간다고 결심하자 지금 국경수비대에 모습을 보이는 건 좋지 않다는 생각이 들어서 강에서 조금 멀찍이 떨어진 풀숲 사이에 앉았다.

정필은 은애가 왼쪽에 나란히 앉는 것을 보고 누렇게 마른 풀 사이로 강 건너를 응시하면서 물었다.

"은애 씨는 죽은 겁니까?"

"그렇습다."

은애의 귀밑머리가 바람에 흩날렸다.

"어쩌다가 그렇게 됐습니까?"

은애는 그 당시를 돌이켜 보는지 조그맣고 빨간 입술을 오물거리듯이 깨물었다.

"박종태라는 조선족 브로커가 칼을 뺏으려고 하기에 저는 강으로 뛰어들어 북조선으로 도망치는데 그 사람이 뒤에서 내 목을 졸랐습다."

은애는 앙상한 두 팔을 들어 손으로 자신의 목을 조르는 시늉을 해 보였다.

정필은 그녀를 보며 씁쓸한 표정을 짓는데 문득 뽀얗고 봉긋한 유방이 가벼이 흔들리는 게 눈에 들어왔다. 무척 예쁜 가슴이다.

자신의 목을 조르던 은애는 정필의 시선을 느끼고는 얼른 두 손으로 가슴을 가리며 곱게 눈을 흘겼다.

"이보시오. 어딜 보는 거요?"

"아, 아니… 험!"

정필을 흘기는 은애의 뺨이 발갛게 물들었다.

정필은 지금 겪고 있는 모든 일이 난생처음 접하는 것이지만, 혼령이 눈을 흘기면서 얼굴을 붉히고 또 그 모습이 이토록 아름답다는 사실에 내심으로 놀라고 있었다.

그는 쑥스러움을 없애려는 듯 주먹을 입에 대고 헛기침을
했다.

"흠. 그런데 은애 씨 몸은 어디에 있습니까?"

은애가 앙상한 팔을 뻗어 하류를 가리켰다.

"저 아래 강변으로 떠내려갔는데 제가 집에 몇 번 오가는
사이에 없어졌습. 강물에 다시 떠내려간 것 같습다."

정필은 은애 시신이라도 찾게 된다면 연변으로 데리고 가
서 제대로 장례를 치러주고 싶었는데 안타까웠다.

"은애 씨 아버님과 남동생을 구해주고 나면 은애 씨는 어떻
게 되는 겁니까?"

"그것까지는 모르겠습."

은애는 정말이지 그런 것까지는 한 번도 생각해 보지 않았
다. 몸이 죽어서 혼령이 된 그녀의 목적은 오로지 아버지와
남동생을 구출하는 것뿐이었다. 그것 말고 다른 것은 생각할
겨를이 없었다.

"무산 읍내 지리를 알려주십시오."

정필의 말에 은애는 어떻게 설명할까 잠시 망설이다가 가늘
고 흰 유난히 긴 손가락으로 바닥에 그렸다.

혼령이 땅에 그림을 그릴 수 없으니까 그저 그리는 시늉만
하려는 것이다.

스슥.

"여기가 두만강이고… 여기가 우리가 있는 곳임다. 그리고 여기 오른쪽이 무산읍임다."

그런데 은애의 손가락이 땅바닥에 진짜 그림을 그리고 있었다. 정필이 다시 봐도 그녀의 손가락이 땅을 파면서 엉성한 지도를 그려내고 있다.

"아……."

은애는 자신의 손가락이 땅에 그림을 그린다는 사실에 깜짝 놀라며 흙 묻은 손가락을 들어보았다.

잠시 후에 땅바닥에는 엉성하지만 그런대로 무산읍의 지도가 완성되어 있었다.

정필은 설명을 마치고 맞은편에 앉은 은애를 물끄러미 응시했다. 은애는 이때만큼은 쪼그리고 앉은 자세에서 몸을 가리지 않았다.

"손 좀 내밀어봐요."

은애는 아무 뜻 없이 시키는 대로 오른손을 내밀었다.

정필은 오른손을 내밀어 은애의 손을 잡았다. 혼령의 손을 잡을 수 있을 거라는 기대는 전혀 하지 않았지만 그녀가 땅에 그림을 그리는 걸 보고는 아무래도 확인을 해봐야 할 것 같았다.

슥—

그런데 잡아졌다. 차가운 얼음을 만지는 것 같은 차디찬, 그

렁지만 보드라운 손이 느껴졌다.

"아……!"

은애는 깜짝 놀라서 눈을 휘둥그렇게 떴다. 그녀도 정필의 따스한 손이 생생하게 느껴졌다.

정필이 보니 자신의 솥뚜껑처럼 커다란 손안에 절반 크기의 하얀 손이 들어가 있다.

"당신 손이 무척 따스함다."

은애는 정필의 손을 잡았다는 사실이 너무나 신기하고 기쁜지 눈물을 글썽거렸다.

파파팍!

"읏!"

"꺅!"

그런데 그 순간 두 사람이 잡은 손에서 마치 전기 합선이 일어난 것처럼 불이 번쩍였다. 뿐만 아니라 정필은 예전에 전기선을 잘못 건드려서 감전됐을 때하고 똑같은 찌리릿 하는 강력한 느낌을 받았다.

"괜찮습니까?"

"아아, 전기 먹은 것 같았슴다."

정필은 그 자리에 그대로 앉아 있지만 은애는 방금 전의 충격으로 엉덩방아를 찧으며 물러나 퍼질러 앉은 자세이다.

정필의 시선이 무심코 은애의 흔들리는 유방에서 벌리고

있는 두 다리 사이로 흘러내렸다.

"앗!"

은애는 황급히 무릎을 꿇고 두 손으로 아랫도리를 가리면서 그를 곱게 흘겼다.

"못됐습니다."

"미안합니다."

정필은 얼굴을 붉히며 고개를 숙였다. 그러다가 그는 조금 전에 은애가 땅바닥에 그린 엉성한 지도가 사라진 것을 발견했다.

어설프긴 하지만 은애가 손가락으로 땅바닥에 꾹꾹 눌러서 지도를 그렸건만 지금은 흔적조차 없이 깨끗했다.

은애도 그걸 보고 적잖이 놀란 표정이다.

밤 10시가 됐다.

정필은 옷을 모두 벗고 팬티 한 장만 걸쳤다. 젖은 옷을 입고 다니면 얼어붙어서 시끄러울 뿐만 아니라 언 옷에 살이 베인다는 사실은 특전사 요원에게 기초 상식이다.

"아아……!"

은애는 정필의 벗은 몸을 보고 눈이 동그래지면서 탄성을 터뜨렸다.

"당신 몸이 굉장하다!"

정필은 1m 85㎝에 체중은 75㎏이다. 현역 시절에는 78㎏까지 나갔는데 전역하고 나서 빠졌다. 일반 군인들은 전역하면 살이 찐다는데 특전사는 반대이다. 군 생활을 하면서 엄청나게 먹어댄다. 지방을 많이 축적해야 추위를 견디고 힘을 쓰며 또 근육을 키울 수 있기 때문이다.

정필의 몸은 온통 단단하게 잘 발달된 근육질이다. 보디빌더 같은 울퉁불퉁한 근육이 아니라 실전에 꼭 필요한 매끈한 근육만 키웠다.

밤낮없이 미친 듯이 운동과 훈련, 작전을 거듭하다 보면 복부에 화려한 식스팩은 덤으로 생긴다.

정필은 되도록 진흙 비슷한 것을 골라서 물에 잘 이겨 얼굴에 고르게 펴 발랐다. 일종의 위장이다.

"강을 건너면 은애 씨가 날 안내해야 합니다. 되도록 빠른 속도로 갑시다."

은애는 고마워하는 표정이 역력했다.

"알겠슴다."

그녀는 자기가 말해주지 않았는데도 정필이 알아서 옷을 벗고 또 이긴 진흙을 얼굴에 바르는 걸 지켜보고는 많이 해본 솜씨인 듯하자 믿음이 가는 모양이다.

그녀는 부끄러워하면서도 자꾸만 정필의 벗은 몸을 핼끔거렸다.

그녀는 생전에 저렇게 멋진 사내의 몸은 처음 봤기에 가슴이 두근거렸다.

정필은 풀숲에서 나와 옷 꾸러미를 옆구리에 끼고 자세를 최대한 낮춘 상태에서 기듯이 강가로 다가갔다.

몸에는 진흙을 바르지 않아서 밤이라고 해도 눈에 잘 띌 것이다.

그나마 다행인 것은 정필의 몸이 햇볕에 그을려서 구릿빛이라는 사실이다.

"이 너머에는 국경수비대 초소가 없슴다."

강에 이르러 강물 속으로 빨려드는 정필의 앞에서 강물 위를 떠가는 은애가 뒤를 돌아보면서 말했다.

얕은 물인데도 정필은 온몸을 강물 속에 담그고 빠른 속도로 전진했다.

차갑다는 느낌이 들었지만 견디지 못할 정도는 아니었다. 특전사 시절 얼음물을 깨고 들어가는 건 며칠에 한 번씩 반복한 기초적인 훈련이었다.

옷과 신발은 머리에 이고 끈으로 머리와 턱을 여러 번 칭칭 동여매고는 그 끝을 입에 물었다.

30m 거리의 급류를 헤치고 2분 만에 강을 건너 기어서 강가로 나갔다.

그곳은 모래사장인데 거의 앉거나 누운 자세로 신속하게

옷을 입고 등산화를 신었다.

몇 분 전까지 정필은 중국 땅에 있었는데 지금은 북한 땅에 있다는 사실이 도무지 실감 나지 않았다. 어쨌든 일은 이미 저질렀으니 돌이키기 어렵다.

"그런데 은애 씨 모습이 다른 사람 눈에도 보입니까?"

정필이 옷을 다 입고 납작하게 엎드려 전방을 살피며 묻자 정필 옆에 같이 엎드린 은애가 슬픈 얼굴을 했다.

"알아보지 못함다. 아버지도 은철이도 저를 알아 못 보고서리 아버지는 제 몸을 뚫고 지나갔슴다."

정필은 50m 앞쪽의 언덕 위를 살펴보았다. 정면에서 상류 쪽 70m 지점에 초소가 있다.

아까 30분 전쯤에 병사 한 명이 초소에서 나와 하류 쪽으로 100m쯤 걸어갔다가 다시 초소로 돌아갔다.

북한군 병사가 30분마다 순찰하는 것인지 1시간마다 하는 것인지 모르기 때문에 조금 더 기다려 보기로 했다.

정필은 굳이 시계를 보지 않아도 거의 정확하게 시간을 계산하는 능력이 있었다.

오랜 훈련으로 익힌 신체 시계다. 그것도 특전사에서 익힌 것이다. 앞으로 5분 정도 기다려 보고 병사가 나오지 않는다면 1시간 간격 순찰이 맞다.

은애는 정필 옆에 가만히 엎드려서 두 손으로 턱을 괴고 그를 말끄러미 바라보고 있었다.

그녀는 정필이 여기까지 와주었다는 사실이 아무리 생각해
봐도 고맙기 짝이 없었다.

"그런데 당신 이름이 뭠까?"

"최정필입니다."

"어디 삽니까?"

"대한민국입니다."

"대한… 민국이 어딤까?"

정필은 북한 사람들이 갇혀서만 살다 보니 모르는 게 많다
는 생각이 들었다.

"남조선입니다."

"옴마야!"

은애는 본능적으로 발딱 일어나 주르르 옆으로 멀찍이 물
러났다가 몹시 놀란 듯 눈을 동그랗게 뜨고 새삼스럽다는 듯
그를 보았다.

"당신… 조선족이 앙이고 남조선 괴뢰도당… 아니, 남조선
인민이었슴까?"

정필이 빙그레 미소 지었다.

"내래 남조선 괴뢰도당 맞슴다."

그가 함경북도 사투리로 대답하자 은애가 풋 하고 웃더니
다시 그의 곁으로 와서 엎드렸다. 하지만 그의 얼굴에서 시선

을 떼지는 않았다.

"함북말 잘함다."

"할아버지가 함경도 분이십니다."

은애는 놀라면서도 반가운 표정을 지었다.

"그렇슴까? 함경도 어딤까?"

"회령입니다."

"아아, 회령임까?"

"가봤습니까?"

"아임다. 저는 태어나서 아직 한 번도 무산을 벗어난 적이 없슴다. 여행증명서 없이는 무산 밖으로 한 발자국도 나가지 못함다."

7분이 지나도 초소의 병사가 나오지 않자 정필은 몸을 일으켜 낮은 자세로 언덕을 향해 뛰기 시작했다.

팍팍팍팍팍!

은애더러 앞장서라고 했는데 그녀는 정필 옆에서 자세를 한껏 낮추고 나란히 미끄러지고 있다. 자신이 혼령이라서 보이지 않는다는 사실을 잊고 있는 것 같았다.

모래사장인데도 정필은 언덕 아래까지 50m를 8초 만에 주파했으며, 곧장 언덕으로 오르지 않고 둑 아래에서 하류 쪽으로 내달렸다. 초소에서 조금이라도 멀어지려는 의도이다.

아까 은애가 지도를 그려준 바에 의하면 무산읍은 흡사 국자 같은 지형이었다. 국자를 옆으로 눕혔을 때 현재 정필이 있는 곳은 국자의 주둥이에 해당되고, 은애네 집은 국자의 손잡이 아래쪽이다.

그러니까 정면의 강둑 너머 야산 왼쪽 아래를 휘돌아서 직선으로 가면 가장 가까운 거리로 국자의 손잡이 아래쪽에 도달하게 될 것이다.

집까지 거리가 1km쯤 된다고 했으니까 다녀오는 데 빠르면 15분이고 늦어도 20분이면 충분했다. 물론 도중에 방해 요소가 없었을 때의 얘기다.

"여깁다, 여기."

조금 앞서 가던 은애가 언덕 위로 후르르 날아올랐다.

타타탓—!

정필은 지체 없이 언덕 위로 한달음에 달려 올라갔다가 폭 10m의 강둑을 순식간에 내달려 반대편 언덕 아래로 몸을 날렸다.

"굉장하다."

정필의 민첩한 동작에 은애가 연신 감탄하면서 언덕 아래 계딱지같은 집들이 줄지어 늘어선 골목길을 날아갔다.

정필은 다닥다닥 붙어 있는 집들이 다 똑같이 생겨서 닭장이나 토끼장 같다는 생각이 들었다.

"하모니카집이라고 한다."

은애가 속도를 줄여 뒤돌아보면서 알려주었다.

"집들이 하모니카 같지 않슴까?"

그러고 보니 골목 양쪽으로 길게 늘어서 있는 집들이 모양도, 크기도, 색깔도 불쑥 솟은 하나의 굴뚝까지 찍어낸 것처럼 똑같았다.

하모니카집들이 늘어선 골목을 벗어나자 전방에 탁 트인 넓은 곳이 나타났으며, 은애는 그곳으로 날아갔다.

전방 왼쪽은 무산역이고 몇 줄의 철길이 있으며 열차는 한 량도 보이지 않았다.

이제부터 정필이 달려가야 할 전방은 무산역의 뒤쪽으로 엄폐물이 전혀 없는 개활지라서 무산역 쪽에서 누군가 본다면 들킬 수도 있었다.

아니다. 반달이 떠 있기는 하지만 꽤 어둡기 때문에 그럴 염려는 없지만 만에 하나 불을 비추면 꼼짝없이 발각되고 말 것이다.

왼쪽은 무산역과 철길이고, 오른쪽 산 아래에는 길쭉한 밭이 길게 이어져 있으며, 정필은 그 가운데를 바람처럼 내달리기 시작하며 속으로 중얼거렸다.

'최정필이 미쳤다. 북한 땅을 달리고 있다니……'

"여기 이쪽임다."

오른쪽 국자의 손잡이 방향으로 날아가는 은애가 팔랑거리며 손짓했다.

거기서부터는 완만한 경사의 오르막이고, 한가운데 4차선 정도 폭의 도로가 곧게 뻗어 있으며, 양쪽으로 하모니카집이 셀 수 없을 정도로 많이 늘어서 있다.

은애는 도로 왼편으로 도로와 나란히 같은 방향으로 뻗은 첫 번째 골목길로 가다가 멈춰 서서 오른쪽의 도로를 가리켰다.

"저 길을 따라가면 무산철광이 나오고 그 전에 왼쪽 길로 가면 회령임다."

정필은 우두커니 서서 어둠 속에 아스라이 뻗어 있는 도로를 쳐다보았다. 문득 이대로 할아버지의 고향 회령에 가보고 싶다는 생각이 들었다.

거기에 가면 할아버지가 지난 43년 동안 그토록 오매불망 그리워하던 할머니가 아직도 살고 계실지 궁금했다. 그렇지만 정필이 회령까지 갈 수 있을 리가 없다.

끼이!

앞장선 은애가 열려 있는 대문을 밀고 들어갔다.

바짝 뒤따르던 정필은 혼령인 은애가 문을 직접 여는 것을 보고 조금 놀랐다.

정필이 뒤따라 들어가서 대문을 닫는데 은애는 방 앞에서 그를 기다리고 있다.

"날래 들어가기요."

드르륵!

문을 열고 들어가자 퀴퀴한 악취가 확 끼쳐오면서 코를 찔렀다.

구린내와 누린내, 곰팡이 냄새, 때 냄새 같은 것이 한데 뒤섞인 지독한 냄새가 컴컴하고 좁은 방 안에 가득했다.

은애는 방에 들어오자마자 바닥에 꿇어앉아서 낮게 흐느끼기 시작했다.

정필이 그녀 옆에 나란히 앉으니 서 있을 때는 잘 보이지 않던 두 사람이 바닥에 나란히 누워 있는 모습이 어렴풋이 보였다.

'웃!'

정필의 상식으로는 지금 바닥에 누워 있는 두 사람은 이미 오래전에 죽은 시체가 분명했다. 그 정도로 은애 아버지와 남동생의 모습은 끔찍했다.

그래서 혹시 은애가 아버지와 남동생이 죽은 사실을 모르고 있는 게 아닐까 하는 생각이 들었다.

만약 두 사람이 이미 죽었다면 시체를 두만강 너머로 업고 가는 위험한 일 같은 건 할 필요가 없었다.

슥—

그래도 확인을 해야겠기에 정필은 손가락을 뻗어 은애 부친의 목에 댔다. 그러자 뜻밖에도 미약하게나마 맥박이 뛰는 게 느껴졌다.

'맙소사, 살아 있어.'

11일 동안 굶어서 이런 몰골을 하고서도 살아 있다는 사실이 믿어지지 않았다.

남한 사람들은 평소에 잘 먹으니 지방이 많아서 11일을 굶는다고 해도 죽지는 않을 것이다.

하지만 1995년부터 배급이 끊긴 북한 사람들은 지금껏 초근목피(草根木皮)로 연명했으므로 며칠만 굶어도 견디지 못하고 죽음을 맞이할 터였다.

그런데 그때 방금 전까지만 해도 죽었다고 생각한 은애 아버지가 눈을 뜨려고 애쓰면서 더듬거렸다.

"으으… 뉘기요……."

끊어질 듯이 이어지는 안타까운 목소리다.

"으… 은애냐……."

은애 아버지는 눈을 반쯤 뜨고 힘없이 팔을 들어 허공을 허우적거렸다.

"아버지……."

은애는 아버지에게 엎드려서 서럽게 흐느껴 우는데 아버지는 그걸 전혀 느끼지 못하고 있었다.

아버지는 큰딸 은애가 죽은 줄은 까맣게 모르고 이렇게 누워서 은애가 돌아오기만 기다리고 있었다.

정필은 서둘러야겠다고 생각했다. 그렇지만 시체가 아니라 산 사람을 데려가려면 그 사람에게 동의를 구해야 한다. 만약 업고 가야 하는데 그 사람이 동의하지 않는다면 납치하는 게 되고, 그건 몇 배나 힘든 중노동이 될 것이기 때문이다.

"아버님."

낯선 남자의 목소리에도 은애 아버지는 전혀 놀라지 않았다. 놀랄 기운조차 없기 때문이다.

"저는 은애 씨가 보내서 왔습니다. 지금부터 아버님과 아드님을 중국으로 모셔 가겠습니다."

"······."

잠시 아무 말이 없던 은애 아버지는 반쯤 뜬 눈으로 힘없이 정필을 바라보았다.

"뉘기요······."

은애가 정필 옆에 바싹 붙으며 급히 말했다.

"제가 고용한 사람이라고 말하기요."

"은애 씨가 절 고용했습니다."

"우리 딸이 무슨 돈이 있어서리······."

정필은 은애를 한 번 보고 나서 대답했다.

"은애 씨가 칼을 큰돈 받고 팔았답니다."

"그렇소?"

은애는 울다가 정필의 재치 있는 대답에 배시시 예쁜 미소를 지었다.

은애 아버지는 갑자기 눈곱이 더덕더덕 낀 눈에서 눈물을 주르르 흘렸다.

"하늘이 도와서 은애가 칼을 팔았다니… 천만다행이오. 나는 우리 딸아를 보내놓고서리… 을매나 후회했는지 모르오. 아바이가 못나서리… 가족을 굶기다가 그리 착한 딸아를 험한 중국 땅에 보내다니… 못할 짓이오. 내가 못나서 그랬소. 그렇게 며칠이나 지났는데도… 딸아가 상기 오지 않기에 은애에게 무슨 일이 생겼는지 알고는… 물조차 목구멍에 넘어가 앙이 했소."

은애가 죽었는지는 까마득히 모르는 아버지는 힘없이 방바닥에 누워서 돌아오지 않는 딸을 기다리면서 자신의 못남을 또 얼마나 스스로 구박했겠는가.

그 말을 듣고 은애는 아버지를 부둥켜안고 숨이 끊어질 것처럼 애절하게 흐느껴 울었다.

"아버지… 내 아버지……."

정필도 콧날이 시큰하여 아무 말도 하지 못했다.

그때 누군가 밖의 대문을 두드렸다.

탕탕탕!

"안에 뉘기 있소? 숙박 검열이오! 은애 아바이!"

날카로운 여자의 목소리에 이어서 대문이 열리고 마당을 걸어오는 몇 사람의 발자국 소리가 들렸다.

드르륵—

누군가 거침없이 방문을 열고 신발을 신은 채 방 안으로 성큼 들어섰다.

틱!

두 사람이 들어섰는데 그중 남자가 플래시를 켜고 방 안을 이리저리 비추었다.

한 명은 파마머리를 한 40대 여자로 인민반장이고, 플래시를 비추는 다른 한 명은 이쑤시개처럼 깡마르고 광대뼈가 불쑥 나온 사내인데 이 지역 분주소(파출소)의 보안원(경찰)이다.

"이 동무들 죽은 거요?"

보안원이 은애 아버지와 은철이를 플래시로 비추고 내려다보자 인민반장 여자가 쪼그리고 앉아 자세히 살폈다.

"죽은 거 같지 아이함메."

"내일 규찰대 아이들 시켜서 시체 묻으라 하시오."

"알겠슴다, 보안원 동지."

인민반장과 보안원이 떠난 후 3분쯤 있다가 은애 아버지가 중얼거렸다.

"이제 나와도 되오……."

스르.

부엌 부뚜막 아래에 숨어 있던 정필이 기어 나와서 쪽문을 열고 방으로 들어서 반대 방향의 문으로 다가가 살짝 열고 바깥의 동향을 살피면서 인기척이 없는 것을 확인했다.

정필은 낡은 점퍼를 입힌 은애 아버지를 업고 홑이불을 찢어서 그것들을 서로 길게 이어 자신의 몸과 칭칭 잘 묶은 후에 은철을 안아 들었다.

은애 아버지나 은철의 무게는 각자 개 한 마리를 드는 것만큼 가벼웠다.

정필은 처음에 두 사람을 업고 안는다는 게 불가능할 거라고 예상했다.

하지만 정말 믿을 수 없게도 은애 아버지와 남동생을 함께 업고 안은 무게가 50kg이 채 안 되는 것 같았다.

얼마나 못 먹고 굶주렸으면 어른과 열여덟 살 소년의 합친 체중이 50kg이 되지 않다니 말이 되지 않았다.

"괜찮습까?"

은애가 염려하는 얼굴로 묻자 정필은 싱긋 미소를 지었다.

"견딜 만합니다."

은애 아버지는 정필이 혼잣말을 하는 것이라 생각했다.

"임자 힘이 장사야… 장사……."

"제가 먼저 배깥에 나가보고 오겠슴다."

은애가 방문을 열고 밖으로 빠져나갔다. 혼령인 그녀가 자기 집 문을 열 수 있다는 사실이 정필로선 신기했다.

탁탁탁탁탁!

정필은 은애 아버지를 업고 은철을 안은 상태로 왔던 길을 되짚어 두만강을 향해 달렸다.

등에 한 사람을 업고 두 팔로 또 한 사람을 안고 달리자 자세가 뒤뚱거렸다.

특전사 시절 천리행군을 나갈 때 군장 무게가 보통 30㎏ 정도이지만 이것저것 챙기다 보면 40㎏가 넘을 때도 있었다.

그걸 메고 또 차거나 들고 400㎞를 행군한다. 그래서 천리행군이라고 부른다.

또한 평소 한 번 작전을 나가면 3주다. 한겨울 혹한기 작전때 40㎏ 군장을 메고 하루 40~50㎞씩 이동하는 것에 비하면 이건 가벼운 게임에 불과했다.

골목길은 무인지경이다. 은애네 집까지 갔다가 돌아오는 동안 아직 한 사람도 발견하지 못했다. 이건 마치 전염병이라도 돌고 있는 마을 같았다.

하긴, 무산에 살고 있는 사람들이 하루에도 수십 명씩 도 강을 한다니까 경비가 그만큼 허술하다는 뜻이다.

"힘들지 않습까?"

"후우우, 아직 괜찮습니다."

오른쪽에 무산역을 끼고 두만강 강둑을 향해 달릴 때 정필 의 호흡이 조금 가빠졌다.

두 사람이 무겁거나 그런 건 아닌데 너무 빨리 달려서 심장 이 미친 듯이 쿵쾅거렸다.

"미… 안하오……."

등에 업혀 있는 은애 아버지는 정필이 혼잣말을 하는 걸 듣 고 불분명한 소리로 중얼거렸다.

그렇지만 정필은 은애 아버지의 말을 분명하게 들었다. 그 래서 그는 앞으로 혼잣말을 삼가야겠다고 생각했다.

은애는 정필이 힘들까 봐 옆에서 나란히 달리며 연신 종달 새처럼 종알거렸다.

"아버지하고 은철이만 구출해 주시면 제가 정필 동지를 위 해서 무슨 일이라도 하겠습다."

정필은 대꾸하지 않고 달리기만 했다. 숨이 차서 대답하는 게 어렵기도 했지만 혼령, 다시 말해 귀신인 은애가 정필을 위 해서 도대체 무얼 해줄 수 있을까 생각하니 딱히 대답할 말이 없었다.

잠시 후에 정필은 두만강 무산읍 쪽 언덕 아래까지 들이닥치듯이 도착했다.

그런데 은애가 그의 옆에만 붙어 있을 뿐 먼저 올라가서 국경수비대 병사가 경계를 서고 있는지 봐주지를 않았다.

두 사람을 업고 또 안고 있지 않은 홀몸이라면 정필에게 이런 일쯤 디저트에 불과하지만, 지금은 혼령인 은애가 망이라도 봐주면 한결 쉬울 터였다.

"헉헉! 위를 봐주십시오."

"아!"

깜짝 놀란 은애가 언덕 위로 후르르 날아오르더니 곧 손짓하는 걸 보고 정필은 땅을 박차고 힘차게 달려 올라갔다.

은애 아버지는 정필이 '위를 봐달라'고 자신에게 그런 줄 알고 힘겹게 고개를 드는데 정필은 이미 강둑을 넘어 아래로 내달리고 있었다.

한 사람을 업고 또 한 사람을 안고 있는 상황에서 정필은 옷을 벗을 수가 없어서 그대로 도강을 강행했다.

그런데 오랫동안 굶주려서 체력이 떨어질 대로 떨어진 은애 아버지와 은철이가 영하 날씨의 차디찬 강물에서 견딜 수 있을지 걱정이 됐다.

그러나 여기까지 와서 두만강을 건너는 것 말고는 선택의 여지가 있을 리 없었다.

"날래 숨기요! 인민군 병사가 오고 있슴다!"

그때 갑자기 은애가 다급하게 속삭였다. 그녀의 말은 정필 밖에 들을 수가 없으니 소리쳐도 되는데 급하다 보니 그걸 잊은 모양이다.

강가에서 한껏 자세를 낮춘 상태로 은철을 잠시 모래사장에 내려놓은 정필이 재빨리 뒤를 돌아보았다.

국경수비대 병사 한 명이 언덕에서 이쪽을 향해 느릿느릿 내려오고 있는 모습이 흐릿하게 보였다.

병사가 언덕에서 50m나 멀리 떨어진 강가까지 올 리는 없다고 생각하면서도 그렇지만 만약 온다면 여지없이 발각되고 말 거라는 생각이 들었다.

정필은 병사가 여기까지 올 것이냐 오지 않을 것이냐를 두고 고민하지 않았다.

특전사에서는 이럴 경우 즉각 결정을 내려야 한다는 것과, 어떤 것이 옳은 결정인지를 혹독한 훈련과 작전을 통해서 가르쳐 주었다.

첨벙.

정필은 즉시 은철을 두 팔로 안고 강물로 들어서 빠르게 앞으로 나아갔다.

"아아……."

이번에는 정필의 뒤쪽에서 따라오고 있는 은애가 연신 뒤돌아보면서 초조한 신음 소리를 내고 있다.

강둑 아래로 내려온 병사가 이쪽으로 곧장 걸어오고 있었기 때문이고, 아버지와 은철이 차가운 강물 속에서 잘 견딜 수 있을지 걱정이 돼서이다.

병사가 어째서 이쪽으로 오는 것인지 이유를 알 필요는 없었다. 중요한 것은 정필의 결정이 옳았다는 사실이다.

정필은 도강을 하면서도 아까처럼 얼굴만 내놓고 몸 전체를 강물 속에 담그지 못했다.

그렇게 했다가는 은애 아버지와 은철이 질식하거나 추위를 견디지 못할 것이기 때문이다.

지금 정필이 취할 수 있는 최선의 길은 최대한 빨리 강을 건너서 택시에 도착하여 히터를 틀어 은애 아버지와 은철의 떨어진 체온을 높여주는 것이었다.

영양실조 때문에 면역력이 최저로 떨어진 두 사람이 어쩌면 택시에 도착하기 전이나 택시를 타고 연변으로 가는 도중에 무슨 일을 당할지도 모른다는 생각을 하자 정필은 마음이 더없이 급해졌다.

촤아—

정필이 두만강 건너 땅에 오르면서 뒤돌아보니 북한군 병사가 건너편 강가에 거의 도달하고 있었다.

강폭이 30m에 불과하고 밤하늘에 반달이 떠 있으니 정필 등의 모습이 희끗하게나마 보일 것이다.

지금 상황에서는 결정이고 뭐고 필요 없었다. 최대한 빨리 도망치는 게 상책이었다.

북한군 병사가 정필을 봤다고 해도 총을 쏘거나 따라오지는 못할 것이다.

"어이! 거기 뭐냐?"

정필이 이쪽의 가파른 언덕을 오르고 있을 때 뒤에서 북한 군 병사의 외침이 터졌다.

하지만 정필의 대답은 어둠 속으로 사라져 버리는 것이었다.

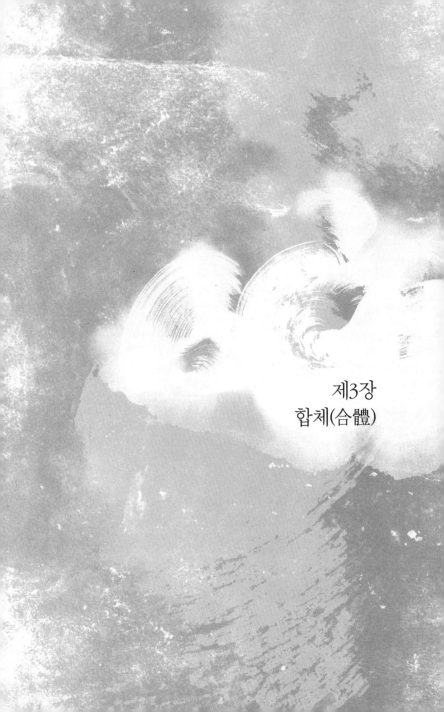

제3장
합체(合體)

　밤 10시 40분에 택시는 무산이 한눈에 내려다보이는 높은
언덕 위의 도로를 출발했다.

　정필이 밤 10시에 두만강을 건너 북한 땅을 밟았으니까 40분
만에 작전 종료였다.

　그 40분 동안 은애의 소원이 이루어졌으며, 은애 아버지와
은철의 인생이 바뀌었다.

　그렇지만 두 사람을 북한 땅에서 구해냈다고 해서 정필의
일이 끝나는 것은 아니었다.

　정필은 돈을 받고 일을 처리해 주는 대행업자나 브로커하

고는 거리가 먼 사람이다.

단지 자신에게 일어나는 기현상을 해결하겠다는 이유가 절반이고, 불쌍한 은애를 돕고 싶다는 순수한 마음이 절반이어서 이 일을 맡았다.

그러므로 두 사람을 무사히 연길에 데려가서 안주하는 걸 봐야지만 일을 마무리했다고 할 수 있었다.

그렇지만 두 사람을 어떤 식으로 연길에 안주시킬 것인지에 대해서는 아직 구체적인 계획은 물론이고 대충이라도 생각해 둔 것이 없었다.

연길이나 탈북자에 대해서는 아무것도 모르기 때문에 일단 부딪치고 보는 것이다.

정필이 느닷없이 두 사람을 들쳐 업고 안고 허겁지겁 들이닥치자 택시 기사 김길우는 난리가 났다.

그는 설마 정필이 북한 땅에 직접 들어가서 두 사람을 데려왔을 것이라고는 꿈에도 상상하지 못했다. 단지 또 다른 브로커가 두 사람을 두만강 이쪽까지 데려다주었을 것이라고만 짐작했다.

"이러면 돈 더 내야 하는 거 아이겠소? 처음부터 북조선 사람을 데려올 거라고 말을 했어야지."

그는 오로지 돈 벌 궁리만 하고 있었으며, 정필로서는 오히려 그러는 편이 더 편했다.

돈만 아는 이런 인간은 이리저리 잔머리를 굴려서 사람을 피곤하게 만드는 인간보다 상대하기가 나았다.

"100위안 더 내면 되겠습니까?"

"사람이 둘이나 더 타지 않았습메? 그니끼니 200위안은 더 내야 말이 맞지 않겠습둥?"

정필이 100위안을 더 주면 아까 오래 기다려 준다는 조건으로 100위안을 주었으니 김길우는 총 450위안을 버는 셈이다.

처음에 하루 택시 대절료가 250위안이라고 했는데 가만히 앉아서 200위안을 더 버는 것이니 손도 대지 않고 코를 푸는 격인데 욕심을 부리고 있었다. 비열하게 사람의 약점을 물고 늘어지는 작자였다.

평소 같으면 정필은 이런 상황에 절대로 물러서지 않는다. 하루 택시를 대절했으니 한 푼도 주지 않을 터였지만 지금은 그럴 때가 아니었다.

"합해서 500위안으로 합시다. 지금 100위안 주고 도착하면 나머지 200위안 주겠습니다."

뒷자리 가운데 앉은 정필은 김길우의 입이 귀에 걸리는 것을 룸미러로 보았다.

"하하! 까짓것, 그럽시다!"

"히터 좀 더 올려주십시오."

"분부만 내리기요!"

은애는 조수석에 무릎을 꿇고 거꾸로 앉아서 정필 쪽으로 고개를 길게 뺐다.

"울 아버지랑 은철이 괜찮슴까?"

정필이 아까 택시가 출발한 직후에 살폈을 때 두 사람은 몸이 얼음처럼 차갑고 기절한 상태였다.

그런데 지금은 히터를 최고로 틀어서 차 안의 온도가 점점 올라가자 두 사람 몸에 온기가 돌고 호흡이 정상적으로 회복되고 있는 중이다. 물론 영양실조 상태에서의 정상이라는 뜻이다.

정필이 김길우에게 물었다.

"혹시 여벌의 옷이 있습니까?"

"뒤 칸에 옷도 있고 이불도 있수다래."

큰돈을 벌게 된 김길우는 차를 세우고 재빨리 뛰어나가 트렁크에서 낡은 파카 한 벌과 바지 하나, 냄새나는 이불 하나를 가져와 뒷자리에 던져주었다.

"이건 서비스요!"

정필은 은철을 안아서 은애 아버지 옆에 앉히고 두 사람 다 옷을 벗긴 다음 이불을 잘 덮어주었다.

"아버지랑 은철이 자는 검까?"

은애가 정필 쪽으로 목을 길게 빼고 초조한 얼굴로 물었다.

정필은 은애의 말에 대답하면 김길우가 이상하게 생각할까 봐 그녀에게 얼굴을 가까이 하고 속삭였다.

"아까보다는 많이 좋아져서 지금 자고……."

덜컹!

"읍!"

"흡!"

그때 갑자기 택시가 크게 덜커덩거리는 바람에 얼굴을 가까이하고 있던 두 사람의 입술이 정면으로 부딪치며 입술이 딱 붙고 말았다.

두 사람은 정지 화면처럼 그 상태로 눈을 동그랗게 뜨고 꼼짝도 하지 않았다.

그러다가 동시에 놀라서 후다닥 뒤로 물러났다.

그로부터 은애는 조수석에 오도카니 앉아서 앞만 보고 아무 말도 하지 않았다.

그녀는 23년 동안 한 번도 외간 남자하고 입맞춤을 해본 적이 없었다.

그런데 죽어서 혼령이 되어 첫 입맞춤을 했다. 크게 당황스러웠지만 나쁜 느낌은 아닌 것 같았다.

'아!'

순간 갑자기 은애는 깜짝 놀랐다. 이제 생각해 보니 처음에 정필의 손을 잡았을 때는 전기 스파크 같은 것이 번쩍여서 깜짝 놀랐는데 조금 전에는 그런 일이 일어나지 않았다.

'처음에 저 사람하고 살이 닿았을 때만 그랬던 거일까?'

택시 안에는 침묵이 흐르고, 정필은 앞창을 통해서 정면을 주시하고 있었다.

칠흑 같은 어둠 속에서 택시의 불빛이 전방을 비출 뿐 사방은 캄캄하고 고요하기만 했다.

그때 정필은 저만치 전방 도로 가장자리에 두 사람이 걸어가고 있는 뒷모습을 발견하고 몸이 굳었다.

아까 정필이 돈을 주려는데 '미제 앞잡이'라며 악을 쓰던 모녀가 분명했다.

모녀는 그때 이후 줄곧 비틀거리며 걸어서 겨우 여기까지밖에 오지 못했다. 그녀들은 아마도 밤을 새워서 걸을 작정인 것 같았다.

아까 본 지독하게 깡마른 모녀의 모습이 정필의 눈앞에서 아른거렸다.

택시 헤드라이트가 비추자 모녀는 급히 길가 풀숲으로 몸을 감추었다.

택시가 스쳐 지나갈 때 정필은 씁쓸한 눈빛으로 그녀들을 바라보았다.

"저 에미나이들, 아마 연길까지 걸어서 갈 모양인갑소."

김길우가 혀를 차며 중얼거렸다.

"연길에서 며칠 일하면 일가족이 몇 달 먹을 식량은 구할 수 있지비. 그러면 식량을 이고 메고 다시 북조선으로 돌아갈 거우다."

정필은 마음이 무거워져서 가만히 있었다.

"북조선 사람들은 중국을 천국처럼 생각하오. 지네들보다는 모든 물자가 풍족하니까 말이우다. 기치만 중국 사람이나 조선족들이 한국에 돈 벌러 가려고 별의별 짓을 다 한다는 걸 북조선 사람들은 생판 모른다 말이오."

정필은 할 수만 있다면 저 모녀를 이 택시에 태워서 가는 데까지 같이 가고 싶은 마음이다.

택시에 자리가 없기는 하지만 어떻게든 욱여 태우면 될 터이다. 하지만 문제는 모녀가 미제 앞잡이가 베푸는 호의를 받아들이지 않을 거라는 데 있었다.

택시가 연길에 도착한 시간은 다음 날 새벽 3시 20분쯤이었다.

정필이 연길의 괜찮은 병원에 대해서 물으니 김길우는 자기가 잘 아는 솜씨 좋은 조선족 개인 의원이 있다면서 그 앞에 택시를 세워주었다.

조선족 의사 가족이 병원 안채에서 살고 있다는 말에 정필은 김길우와 함께 허름한 건물 이 층 의원으로 올라가서 문을 두드렸다.

잠시 후에 50대 초반의 두꺼운 뿔테안경을 쓴 퉁퉁한 체구의 남자가 허름한 트레이닝복 차림으로 하품을 하면서 문을 열어주었다.

"이른 새벽에 죄송합니다."

정필이 꾸벅 고개를 숙이고 사정 얘기를 하려는데 김길우가 불쑥 나섰다.

"강 선생님, 북조선 사람들인데 다 죽어감다."

그 말에 뿔테안경의 의사는 정신이 번쩍 드는지 지체 없이 문을 활짝 열어주었다.

"어서 데려오게."

정필이 이불로 감싼 은애 아버지를, 김길우가 파카를 입힌 은철을 안고 진료실 침대에 나란히 눕혔다.

김길우는 의사를 매우 존경하는 듯 벗은 모자를 두 손으로 쥐고 앞으로 모아 허리를 굽실거렸다.

"선생님, 저는 이만 가보겠슴다."

의사는 은애 아버지 가슴에 청진기를 대고서 김길우에게 주의를 주었다.

"입조심하게."

"제가 누굼까? 자물쇠 김길웁니다."

정필은 김길우를 따라 나와서 나머지 150위안을 주었다.

"수고했습니다."

김길우는 돈을 주머니에 넣으면서 헤벌쭉 웃었다.

"언제든 불러주기요."

조선족 의사 강명도는 나란히 눕힌 은애 아버지와 은철을 진찰하고 나서 혀를 찼다.

"쯧쯧쯧, 제 나라 백성을 저 지경으로 만드는 놈이 무슨 놈의 위대한 지도자라고……."

정필이 정중하게 물었다.

"어떻습니까?"

"극심한 영양 결핍이야. 지금까지 죽지 않은 게 기적일세. 며칠 두고 봐야 알겠지만 지금 상태로 봐선 아마 차차 괜찮아질 걸세."

"잘 부탁합니다."

정필 옆에 서 있는 은애는 강명도의 말에 크게 안도하는 표정을 지었다.

그때 의원 입구의 반대쪽 문이 열리고 무릎 아래까지 내려오는 주름 스커트에 두툼한 티셔츠 차림의 젊은 여자가 한 명 들어왔다.

그녀는 우뚝 서 있는 정필을 보고는 깜짝 놀라는 표정을 지으며 멈칫하더니 곧 얼굴을 붉히며 목례를 하고는 강명도 옆으로 가서 익숙한 솜씨로 이것저것 도왔다.

강명도는 여자가 은애 아버지에게 링거를 꽂는 모습을 보고 뒤로 물러나면서 정필에게 설명했다.

"저 아이는 내 딸일세. 연변과학기술대학 간호학부를 졸업하고 여기서 날 돕고 있지."

"네."

부친의 말에 여자는 이쪽을 살짝 보면서 또 얼굴을 붉혔다. 수줍음이 많은 아가씨였다.

처음부터 정필 옆에 바싹 붙어 있는 은애는 여자를 유심히 살펴보더니 정필에게 속삭였다.

"저 에미나이, 정필 동지를 보고 첫눈에 반했나 보우다."

정필은 여자를 쳐다보고 있다가 마침 이쪽을 보고 있는 그녀와 눈이 마주쳤다.

정필이 가볍게 미소를 짓자 여자는 얼굴이 새빨개져서 고개를 돌리고 허둥거렸다.

은애가 이번에는 정필을 보면서 물었다.

"정필 동지도 저 에미나이가 마음에 드는갑소?"

정필이 아무 말도 하지 않자 은애가 또 종알거렸다.

"말해보기요. 저 에미나이, 마음에 듬까?"

정필은 대꾸를 하면 강명도와 여자가 이상하게 생각할까봐 가만히 왼팔을 뻗어 은애 어깨에 팔을 두르는 듯하다가 손으로 그녀의 입을 막았다. 그만 말하라는 뜻이다.

"읍!"

그녀는 두 손으로 정필의 손을 뜯어내려고 기를 쓰면서 버둥거렸지만 정필의 손힘을 당해낼 수가 없었다.

정필은 은애 아버지와 은철에게 링거를 다 꽂고 돌아서는 여자를 쳐다보았다.

나이는 23~24살쯤, 167~8㎝ 정도로 보기 드물게 큰 키에 늘씬한 몸매이며 긴 머리를 뒤에서 하나로 묶은 햇살처럼 해사한 제법 예쁜 용모이다.

여자는 정필이 자신을 빤히 주시하자 어쩔 줄을 모르고 허둥대면서 진찰실을 나가 버렸다.

그때 정필은 입을 막고 있는 은애의 몸이 바들바들 떨리고 있는 걸 느끼고 급히 쳐다보았다.

'이런…….'

은애는 자신의 입을 누르고 있는 정필의 커다란 손을 두 손으로 꼭 잡은 채 눈에서 동공이 거의 사라졌으며 온몸이 격렬한 경련을 일으키고 있었다.

정필이 손을 떼자 은애가 축 늘어지며 쓰러지려고 해서 급히 두 팔로 안았다.

"은애 씨."

그는 은애를 뒤쪽의 긴 의자에 앉히고 그 옆에 앉아 걱정스럽게 들여다보았다.

"하아아……."

은애는 푸들푸들 몸을 떨다가 잠시 후 긴 한숨을 토해내면서 동공이 제자리를 찾았다.

정필은 혼령인 그녀의 이런 행동을 이해하지 못했다.

"괜찮습니까?"

은애는 눈물이 글썽글썽한 커다란 눈으로 그를 원망스럽다는 듯 바라보았다.

"저는 조선족 브로커 박종태에게 목이 졸려서 죽었단 말임다. 숨이 막히니까 갑자기 그때 생각이 나서……."

"아……."

은애에겐 그 일이 지독한 트라우마로 뇌리에 박혀 있을 것이다. 그녀는 눈물을 뚝뚝 흘렸다.

"다시는 그러지 마시오. 알았슴까?"

"미안합니다."

정필이 고개를 꾸벅 숙이는데 의사 강명도가 저쪽에서 쳐다보며 말했다.

"무슨 일인가?"

"아무것도 아닙니다."

이곳 평화의원에는 진찰실과 나란히 붙은 두 개의 작은 병실과 하나의 휴게실이 있었다.

지금 휴게실에는 정필과 강명도가 허름한 소파에 마주 앉아 있으며, 강명도의 딸 간호원 강경미가 커피 잔을 올려놓은 쟁반을 들고 와서 테이블에 늘어놓고 자신은 강명도 옆에 다소곳이 앉았다.

"어찌 된 일인가?"

강명도는 처음부터 반말을 했지만 정필은 전혀 개의치 않았다. 당연히 그래야 한다고 느낄 만큼 강명도가 친근하게 여겨졌기 때문이다.

"두만강을 구경하다가 저분들이 도강하는 걸 보고 도와드린 겁니다."

자세히 설명하면 길어질 뿐 아니라 은애 얘기를 해야 하는데 강명도가 그런 사실을 믿을 리 없기 때문에 정필은 대충 둘러댔다.

정필 옆에 바싹 붙어 앉은 은애는 앞에 놓인 까만색의 커피를 신기한 듯이 들여다보고 있었다.

그녀는 커피를 처음 볼 뿐 아니라 세상에 그런 게 있는지조차도 모르고 살아왔다.

정필은 부스럭거리더니 젖은 청바지 앞주머니에서 역시 흠뻑 젖은 지갑을 꺼냈다.

"치료비를 선불로 드리겠습니다."

어쩌면 강명도가 치료비를 걱정에 그런 것을 묻는 건지도 모른다는 생각에 정필은 축축하게 젖은 인민폐 몇 장을 뽑아 들었다.

그러나 강명도는 손바닥을 펼쳐서 밀어냈다.

"북조선 사람에겐 돈 안 받네."

"네?"

"자네 한국 사람인가?"

"그렇습니다."

"그럼 저 사람들하곤 아무 상관이 없겠구먼."

"그렇지요."

"그럼 저들은 나한테 맡기게."

정필은 강명도의 말을 이해하지 못했다.

"무슨 말씀이신지……."

은애 역시 놀란 얼굴로 말끄러미 강명도를 바라보았다.

"나도 북조선 사람이야. 아니, 한때 북조선 사람이었지. 청년 시절에 회령에서 의사 노릇을 했네. 그러다가 아주 오래전에 그 지옥에서 도망쳐 나와 이제는 연길에서 의사 생활을 하고 있네."

"아, 회령이시군요. 저의 할아버님도 회령 출신이십니다."

"그런가?"

강명도는 약간 반가운 표정을 지었으나 거기에 대해서는

더 거론하지 않았다.

"탈북자들이 중국 공안에 붙잡히면 꼼짝도 못하고 강제로 북송당하네."

"그렇습니까?"

"일단 중국 공안에 붙잡히면 아무도 손을 쓸 수 없고, 또 그때부터 말로 설명하기 어려운 고생이 이어진다네. 한마디로 그때부터 탈북자들은 개나 돼지가 되는 거이지."

"네……."

강명도는 손을 저었다.

"자네로선 더 자세히 알 필요가 없겠지. 어쨌든 저들은 내게 맡기게."

은애가 두 팔로 정필의 왼팔을 꼭 안았다.

"그러면 어찌 되는지 물어보기요."

"선생님께서 맡으시면 저분들은 어떻게 됩니까?"

"음, 이곳 연길에 탈북자들을 맡아서 보호해 주시는 분이 계시네. 한국에서 온 목사님이신데, 선교하러 오셨다가 탈북자들의 딱한 처지를 보고는 아예 눌러 앉아서 돕고 있지."

"아……."

정필은 의문이 생겼다.

"목사님께서 탈북자들을 돌보고 계신다면 탈북자들이 계속 불어날 텐데 어떻게 감당합니까?"

강명도는 아무도 없는데도 주위를 둘러보고는 목소리를 낮추었다.

"희망자에 한해서 한국으로 보낸다네."

"아……."

정필은 두 번째로 탄성을 터뜨렸다. 그럴 거라고는 전혀 예상하지 못했다.

"탈북한 북조선 사람들이 목사님의 은신처인 베드로의 집에서 생활하다 보면 얼마 안 가서 다들 한국에 가고 싶어 한다네."

정필은 그럴 거라고 생각하지만 은애는 그의 팔을 꼭 붙잡아 자신의 가슴에 안고는 눈도 깜빡이지 않으며 강명도를 바라보고 있었다.

"베드로의 집에서 생활하며 한국이 얼마나 잘사는 나라인지 차츰 알게 되는 거이지. 연변 TV 뉴스에 한국에 대한 내용도 심심치 않게 나오고 또 한국 드라마나 영화를 보면 다들 한국을 천국으로 생각한다네."

"남조선에는 거지들만 득실거리지 않습까?"

놀란 은애가 자신의 처지도 잊은 듯 강명도에게 직접 물었지만 그게 들릴 리가 없었다.

"북한 사람들은 한국에 거지들만 득실거린다고 알고 있다는군요."

정필이 은애의 궁금증을 대신 말해주었다.

"중국인이나 조선족들이 잘사는 나라 한국에 돈 벌러 가려고 아귀다툼을 벌인다는 사실을 북조선 사람들이 안다면 기절초풍할 걸세."

"그렇군요."

"북조선 사람들에게 중국은 모든 게 풍족한 천국 같은 나라지만, 중국이 한국을 따라가려면 아직 멀었지."

은애는 놀라움이 가시지 않는 얼굴로 정필을 바라보았다. 그가 쳐다보니 두 팔로 그의 팔을 얼마나 꼭 가슴에 안고 있는지 유방이 크게 찌그러져 있는데 그녀는 그것도 모르고 있었다.

"그럼 저 사람들을 나한테, 아니, 목사님에게 맡기는 것으로 알겠네."

"제가 목사님을 한번 뵐 수 있겠습니까?"

누군지도 모르고 은애 아버지와 은철이를 덜컥 맡길 수는 없었다. 최소한 목사라는 사람을 만나서 한국의 어떤 교회에 적을 두고 있는지 정도는 알아야겠다고 생각했다.

"물론이야."

정필은 강명도의 부인이 해준 아침 식사를 안채에서 강명도 가족과 함께했다.

이틀 전 열차에서 대충 한 끼를 먹고는 지금껏 아무것도 입에 넣지 않아서 의자라도 씹어 먹을 만큼 허기져 있는 그는 밥을 세 공기나 먹어치웠다.

음식 솜씨가 좋은 강명도의 부인은 잘 먹는 정필이 마음에 드는 듯 연신 흐뭇한 미소를 지으며 그를 바라보았다.

정필은 젖은 옷을 아직 그대로 입고 있었다. 갈아입을 옷이 담긴 배낭을 택시에 두고 내렸기 때문이다.

정필은 밥을 먹으면서도 식사를 하고 난 후 기절하는 것처럼 또 잠에 빠질 것인지 궁금했다. 그는 그 병을 고치려고 여기까지 왔다.

그러면서도 은애가 옆에 있기 때문에 그런 일은 일어나지 않을 거라고 믿었다.

식사를 마친 후 정필은 병원 휴게실로 돌아왔다. 오랫동안 잠을 자지 않은 탓에 배가 부르자 잠이 쏟아졌지만 그것은 밥만 먹으면 정신을 잃는 현상하고는 전혀 다른 그냥 졸린 자연스러운 현상이었다.

은애는 그의 왼쪽에 딱 붙어 앉아서 그의 왼팔을 두 팔로 가슴에 꼭 끌어안고 있다.

불안해서인지 아니면 그런 자세가 편한 것인지 의원에 들어오고 나서는 줄곧 그러고 있었다.

그게 아니라면 자신의 벌거벗은 몸을 보이지 않으려고 그에게 찰싹 붙어 있는 것일 수도 있었다.

"피곤하면 좀 자지 그럼까?"

정필이 하품하는 걸 보고 은애가 말했다.

"좀 버텨야 할 사정이 있습니다."

정필은 은애에게 자신이 한국에 있을 때 일어났던 일에 대해서 설명을 해주었다.

"옴마야! 그런 일이 있었습까? 저는 정필 동지가 그런 고초를 당했을 줄은 전혀 몰랐습다."

그녀는 그의 팔을 가슴에 안은 채 상체를 앞으로 내밀어 그의 얼굴을 바라보며 자신의 결백을 주장했다.

"저는 아무 짓도 하지 않았습다. 저는 고조 두만강가에 앉아서 울고 있던 죄밖에 없습다. 저는 정필 동지가 어디 사는 누군지도 몰랐습다."

정필은 빙그레 미소 지었다.

"은애 씨를 원망하는 게 아닙니다. 아직도 그런 현상이 일어나는지 확인해 보려고 졸려도 버티는 중입니다."

그는 말간 얼굴로 자신을 바라보고 있는 은애에게 말했다.

"그리고 나한테 정필 동지라고 부르지 마십시오."

은애는 커다란 눈을 동그랗게 뜨고 순진한 표정을 지었다.

"저보다 나이가 적습까? 그럼 정필 동무라고 부름까?"

북한에서는 연상이나 지위가 높은 사람에게는 '동지', 연하거나 지위가 낮은 사람을 '동무'라고 부른다.

"동지나 동무라는 호칭은 북한에서만 쓰는 겁니다. 한국에 서는 정필 씨라고 부릅니다."

"나이가 몇입까?"

"스물다섯입니다."

"저보다 두 살 많구만요."

은애는 가만히 앞만 보고 잠시 입을 다물고 있다가 조심스 럽게 말했다.

"저는 부르고 싶은 호칭이 있슴다."

"뭡니까?"

은애는 고개를 숙이고 목소리가 더 작아졌다.

"오, 오라바이라고 부르면 안 됨까? 저는 남동생은 있는데 오라바이가 없슴다. 기니끼니 오라바이가 있는 게 소원인데 어케 안 되겠슴까?"

정필은 미소를 지었다.

"됩니다. 그렇지만 한국에선 오빠라고 부릅니다."

은애는 꽃봉오리가 피어나듯 활짝 웃었다.

"그럼 정필 오빠라고 부르겠슴다."

"그러십시오."

"정필 오빠."

"네."

"꺄아! 내도 오라바이가 생겼지비."

은애는 그의 팔을 안고 부르르 몸서리를 쳤다.

정필은 부드럽게 미소 지으며 그녀를 바라보았다.

밥을 먹고 30분이 지났는데도 정필은 기절하듯이 쓰러지지
않았다. 그 특별한 현상이 찾아왔을 때는 밥을 먹으면 10분
안에 깊은 잠에 빠졌다.

이것이 은애가 곁에 있기 때문인지, 아니면 은애의 소원을
들어주었기 때문인지 모르지만 여하튼 괴상한 병이 치료된
것 같았다.

정필은 강명도가 내준 빈 병실에서 잠을 청했다.

연길 시내의 적당한 호텔을 잡으려고 했는데 너무 이른 아
침이고 또 은애가 아버지와 은철이를 좀 더 지켜보고 싶대서
잠시 여기에서 신세를 지기로 했다.

정필은 강명도가 트레이닝복 한 벌을 빌려줘서 갈아입으려
고 젖은 옷을 벗었다.

"악!"

정필이 무심코 젖은 팬티를 홀떡 벗는데 뒤에서 은애의 비
명 소리가 들렸다.

정필이 급히 뒤돌아보니 은애가 두 손으로 얼굴을 가리고

돌아서 있다. 그녀는 정필의 희멀건 엉덩이를 보고 놀란 모양이다.

그는 얼른 트레이닝복으로 갈아입고 침대에 길게 누웠다. 피곤이 한꺼번에 몰려왔다.

"저도 피곤합니다."

그런데 은애가 침대 옆에 서서 정필을 굽어보면서 말했다.

"어……"

정필은 조금 어이없다는 표정을 지었다. 혼령이 피곤을 느낀다는 사실 때문이다.

어쨌든 그는 이불을 걷고 일어나 앉아서 두리번거렸다. 병실은 좁은데다 작은 일인용 침대 하나뿐이라서 은애가 누울 곳이 마땅치 않았다.

은애는 알몸이면서도 이제는 정필 앞에서 굳이 몸을 가리려고 애쓰지 않았다.

그를 남 같지 않게 여겨서인지, 아니면 자신이 혼령이라는 사실을 인식한 것인지 모를 일이다.

"여기에 같이 눕겠습니까?"

정필이 한쪽으로 자리를 좁히면서 자기 옆을 손바닥으로 두드리자 은애가 조심스럽게 침대로 올라와 그와 마주 보고 가만히 누웠다.

정필은 이불을 덮고 그녀를 향해 누웠다. 똑바로 누우면 자리가 좁아져서 은애가 떨어질 것 같아서이다.

"처음임다."

은애가 몸을 잔뜩 옹송그리고 속삭이듯 말했다.

"뭐가… 말입니까?"

"외간 남자하고 이렇게 같이 누운 것 말임다."

정필도 여자 귀신하고 나란히 누운 것은 생전 처음이지만 아무 말도 하지 않았다.

입으로는 그렇게 말하면서도 은애는 새우처럼 몸을 잔뜩 굽히고 정필의 품으로 살금살금 파고들었다.

정필은 가만히 팔을 뻗어 부드럽게 그녀의 등을 안았다. 매 끄러운 살결이 손에 가득 느껴졌다. 그리고 그녀의 등은 차갑지 않았다.

"고맙슴다, 정필 오빠. 말로 다 설명할 수 없을 만큼."

은애가 자꾸만 그의 품으로 파고들면서 떨리는 목소리로 말했다. 그녀의 작고 가녀린 몸도 목소리만큼 떨렸다.

"아버지하고 은철이가 목사님인가 하는 분한테 가면 정필 오빠는 남조선으로 가도 됩니다."

"그 얘긴 나중에 합시다."

"네……."

정필은 은애가 비록 혼령이지만 연길에 혼자 놔두고 간다는 사실이 마음이 놓이지 않았다.

아버지와 은철이 그토록 걱정이 돼서 죽어서도 혼령으로 남은 그녀가 아버지와 은철이 무사해지면 어떻게 될 것인지도 궁금했다.

은애는, 아니, 은애의 혼령은 저승으로 갈 것인가? 아마도 그렇게 될 것이다.

그렇다면 지금 정필이 보고 있는 그녀의 모습이 어쩌면 마지막일지도 모른다는 생각이 들었다.

2시간만 자야겠다고 생각한 정필은 정확하게 2시간 3분 만에 눈이 떠졌다.

슥―

몸을 일으키던 그는 문득 같이 자고 있던 은애가 보이지 않는 것을 깨달았다.

'정말 사라진 건가?'

혼령이 화장실에 갔을 리도 없다. 어쩌면 아버지와 은철이가 있는 병실로 갔을지도 모른다는 생각에 방을 나와 옆 병실로 가보았으나 거기에도 은애는 없었다.

은애 아버지와 은철은 링거를 맞으면서 깊은 잠에 빠져서 정필이 들어온 것도 모르고 있다.

가까이 가서 자세히 들여다보니 두 사람 얼굴에 비록 엷지만 은은한 화색이 돌고 있었다.

정필은 병실을 나와 진찰실로 갔다. 강명도가 할머니 환자를 진찰하고 있다가 그를 쳐다보며 눈으로 미소를 지었다.

"더 자지 어째서 벌써 깼나?"

"푹 잤습니다."

정필은 마지막으로 휴게실에 가보았지만 그곳에는 간호원 강경미가 테이블을 닦고 있다가 그를 보고 얼굴을 붉히며 앉기를 권했다.

"커피 드릴까요?"

"아니… 네, 한 잔 주십시오."

정필은 왠지 몸이 찌뿌듯하고 무거운 것 같아서 뜨거운 커피 한 잔 마시고 정신을 차려야겠다고 생각했다.

강경미는 한쪽 구석에서 달그락거리면서 커피를 만들었다. 그녀는 특이하게도 원두커피를 내리고 있었다. 작은 간이 주방에 필립스 커피메이커와 커피를 가는 기구도 보였다. 보글거리는 소리를 내면서 원두커피를 내리는 소리와 더불어 짙은 향이 실내에 가득 퍼졌다.

제법 괜찮은 머그컵에 원두커피 두 잔을 가지고 와서 한잔을 정필에게 주고 그녀는 맞은편에 앉았다.

"언젠가는 한국에 꼭 가보고 싶어요."

"네."

경미가 꿈을 꾸는 듯한 얼굴로 말하는 걸 정필은 건성으로 고개를 끄떡였다.

그의 머릿속에는 온통 은애가 왜 사라졌는지에 대한 생각
으로 가득 차 있었다.

"연변 간호원 자격증 있으면 한국에서 취업할 수 있슴까?"

경미는 정필이 무슨 결정권을 갖고 있기라도 한 것처럼 간
절한 표정을 지으며 물었다.

그녀는 한국 표준말을 쓰려고 애썼지만 가끔씩 함경도 사
투리가 튀어나왔다.

"글쎄요. 저는 잘 모르겠습니다."

그때 밖에서 강명도가 큰 소리로 딸을 불렀다.

"경미야!"

"네, 선생님!"

경미는 크게 외치고 정필에게 살짝 미소 지어 보이더니 밖
으로 나갔다.

정필은 뜨거운 커피를 한 모금 마시려고 컵을 들었다. 이상
하게도 지금 컨디션이 마치 술을 무지하게 퍼마신 다음 날 숙
취 같았다.

"정필 오빠."

"헛!"

그런데 그때 어디선가 은애 목소리가 들려서 깜짝 놀란 정
필은 들고 있던 컵의 커피를 조금 엎질렀다.

그렇지만 그게 문제가 아니었다. 컵을 내려놓고 일어나서 급히 실내를 둘러보았지만 은애는 보이지 않았다. 그런데 그는 방금 전에 분명히 은애 목소리를 들었다.

"정필 오라바이, 어디 있슴까? 여기 너무 어둡슴다."

그런데 그때 또다시 은애 목소리가 들렸다. 아니, 그건 놀랍게도 외부에서가 아니라 정필의 내부, 그러니까 몸속에서 들려오는 목소리였다.

'은애 씨?'

정필은 벌떡 일어나 트레이닝복을 입고 있는 자신의 몸을 내려다보았다. 물론 은애가 보일 리 만무했다.

'설마……'

말도 안 되는 소리지만 정필은 어쩌면 은애가 자신의 몸속에 들어갔을지도 모른다는 얼토당토않은 생각이 들었다.

"아아, 너무 캄캄하고 답답함다. 움직일 수가 없슴다."

은애 목소리가 또 들렸는데 틀림없이 정필의 몸속, 그것도 등짝에서 들렸다.

그뿐만이 아니라 정필은 몸속에서 무언가 꼼지락거리는 느낌을 받았다.

아마도 그건 은애가 움직이고 있기 때문인 것 같았다. 말도 안 되는 일이 일어난 것이다.

'이거 참……'

은애가 자신의 몸속으로 들어오다니, 이런 일이 생길 거라고는 전혀 예상하지 못했다.

"정필 오라바이, 어드메 있슴까? 아아, 무섭슴다. 저는 지금 저승에 온 검까?"

정필은 은애가 바들바들 떠는 게 고스란히 느껴졌다. 정필이 대답을 하지 않는다면 그녀는 자신이 저승에 온 줄 알고 공포에 질릴 것이다.

"은애 씨."

"아, 정필 오라바이!"

정필의 목소리를 듣고 은애가 비명처럼 소리쳤다.

"은애 씨 지금 내 몸속에 들어가 있는 것 같습니다."

"네?"

정필도 아는 게 없기 때문에 그 이상의 설명은 해줄 수가 없었다. 은애는 아무 말도 않고 꼼지락거리지도 않고 한동안 가만히 있었다.

정필은 혼령인 은애를 만질 수 있는 유일한 사람이었는데 이제는 그녀가 혼령, 즉 실체가 없는 존재처럼 그의 몸속에 들어가 있다는 사실에 크게 혼란스러웠다.

그걸 보면 그녀는 정필에게 사람처럼 육체적으로 느껴지기도 하는 반면 영적(靈的) 존재로서도 능력을 발휘하는 것 같았다.

"은애 씨."

어쨌든 일단 은애를 자신의 몸 밖으로 꺼내야겠다고 생각한 정필은 가장 단순한 방법을 생각해 냈다.

"네, 정필 오빠."

은애의 목소리가 자신의 등 쪽에서 들리기 때문에 그녀가 얼굴을 등 쪽으로 향하고 있다는 생각이 들었다.

"몸을 쭉 펴봐요."

잠시 후 정필은 자신은 가만히 있는데 마치 기지개를 켜는 것 같은 느낌이 들었다.

"이렇게 말임까?"

정필은 조금 전까지 속이 메스껍고 더부룩했는데 지금은 한결 편해진 걸 느꼈다. 아마도 몸속에서 은애가 웅크리고 있다가 몸을 쭉 폈기 때문인 것 같았다.

"이기… 뭘까? 아직 깜깜하다."

그런데도 은애 목소리가 여전히 등 쪽에서 들렸다. 아마도 돌아서 있는 듯했다.

"은애 씨, 지금 내 등 쪽을 보고 있는 것 같으니까 한번 천천히 돌아서도록 해봐요."

정필은 또 몸속에서 은애가 꼼지락거리는 게 느껴지더니 잠시 후에는 편해졌다.

"아아, 보임다! 이게 어찌 된 검까?"

"뭐가 보입니까?"

"벽하고… 풍로 같은 거… 그리고 주전자가 보입니다."

정필은 휴게실 맞은편의 커피메이커와 주전자, 커피 가는 장치를 보고 있었다.

그는 이번에는 창을 보면서 다시 물었다.

"이번에는 뭐가 보입니까?"

"창문하고 창밖에 하늘… 구름이 보임다."

은애가 정필하고 같은 방향으로 돌아서서 그가 보는 사물을 그의 눈을 통해서 같이 보고 있는 게 분명했다.

그러니까 그의 몸속에 들어간 은애가 그와 같은 방향으로 있으면 속이 편안하고 다른 방향으로 향하고 있으면 속이 부대끼는 모양이었다.

"정필 오라바이."

"네."

"정필 오라바이 몸 밖으로 나갈 수는 없는 거임까?"

"좀 생각해 봅시다."

"네."

정필은 낡은 헝겊 소파에 앉아서 약간 식은 커피를 한 모금 마셨다.

후룩.

"아……."

은애가 갑자기 탄성을 터뜨려서 정필은 또 무슨 일인가 싶어 물었다.

"왜 그럽니까?"

"이거이 무슨 맛임까? 쌉쌀하고 달달하고… 뭐이가 탄내가 남다."

"탄내?"

정필은 자신이 방금 커피를 한 모금 마셨는데 은애가 그걸 느꼈을 거라는 생각이 들었다.

"내가 방금 커피를 마셨는데 은애 씨가 아마 그걸 느낀 모양입니다."

"아……."

정필도 은애도 한동안 말없이 가만히 각자 생각에 잠겼다.

"정필 오라바이."

5분쯤 후 은애가 조용히 그를 불렀다. 정필이 '오빠'로 부르라고 했는데 자꾸만 '오라바이'라고 부르는 걸 보니 어지간히 긴장한 듯했다.

"네."

"오라바이만 허락하면 저는 이렇게 오라바이하고 한 몸으로나마 살고 싶슴다. 아니 되겠슴까?"

그렇지만 이건 정필이 허락하고 말고의 문제가 아닌 것 같았다. 은애를 몸 밖으로 내쫓고 싶다고 해서 그렇게 할 수도 없는 상황이다.

그렇지만 어느 날 갑자기 은애가 퍽 하고 사라져서 그녀가 가야 할 길, 즉 저승으로 떠나야 한다면 그때까지 이렇게라도 세상을 느끼게 해주고 싶다는 것이 정필의 솔직한 심정이다.

"미안함다. 오라바이는 저에게 하늘 같은 은인인데 또다시 이런 염치없는 부탁을 하구서리… 미안함다. 괜한 말을 했슴다. 용서합소."

정필이 한동안 말이 없자 은애가 쓸쓸한 목소리로 사과했다.

"나는 괜찮습니다."

"참말임까?"

"그렇습니다."

"고맙슴다, 오라바이. 저한테는 오라바이뿐임다."

정필은 몸속의 은애와 함께 은애 아버지 조석근과 은철을 보러 병실로 들어갔다.

마침 두 사람은 링거를 맞으면서 일어나 앉아 강명도 부인이 끓인 죽을 경미의 도움을 받으면서 먹고 있었다.

"깨어나셨군요."

정필이 반가운 표정을 짓는 데 반해서 조석근과 은철은 그를 알아보지 못하고 오히려 경계하는 표정을 지었다.

"아버님, 이분이 두 분을 데려오셨어요."

"아⋯⋯!"

경미가 설명을 하자 비로소 두 사람 얼굴에 환한 표정이 떠올랐다.

"고맙소. 나하고 은철이가 선생에게 큰 은혜를 입었소."

"그런 말씀 마십시오."

잠시 인사가 오고 간 후 조석근이 진지한 얼굴로 물었다.

"그런데 우리 큰딸은 어드메 있소?"

정필이 솔직하게 말하려는데 은애가 지금은 사실을 말하지 말아달라고 부탁했다.

"은애 씨는 볼일을 보고 있으니까 나중에 이리 올 겁니다."

정필이 대충 둘러댄 것이 아니라 은애가 그렇게 말해달라고 한 것이다.

"은애가 칼 파는 거 말고 무시기 볼일이 있다고⋯⋯."

"어머니와 여동생 은주를 찾고 있는 중이랍니다."

"아⋯⋯."

정필이 병실 밖으로 나오자 경미가 따라 나왔다.

"저⋯ 길우 아저씨가 가방 맡겨놓으셨어요."

그러면서 정필이 한국에서부터 메고 온 배낭을 내주었다. 원래 택시 뒷자리에 두었다가 은애 아버지와 은철이를 뒷자리에 태우면서 트렁크에 넣은 것인데 오늘 새벽에 설쳐대느라 잊어버리고 갖고 내리지 못했다.

그런데 돈만 밝히는 줄 알았던 김길우가 친절하게 배낭을 의원까지 갖다 주었다는 말에 정필은 그를 다시 평가하게 되었다.

배낭에는 중요한 물건은 없고 여벌 옷 한 벌과 속옷, 점퍼, 운동화, 세면도구 따위가 들어 있다.

정필이 경미에게 배낭을 받아서 빈 병실로 들어가 열어보니 처음에 그가 정리해 놓은 그대로다. 김길우가 뒤적거리지 않은 게 분명해서 그를 다시 보게 되었다.

그가 트레이닝복을 벗으니 알몸이 드러났다. 젖은 팬티까지 벗었기 때문이다. 새 팬티와 티셔츠, 청바지에 검은색 가죽점퍼를 입고 나이키 운동화를 신었다.

지갑을 열어보니 인민폐 5천 위안 정도하고 처음부터 갖고 있던 100달러짜리 지폐 20장이 빼곡하게 들어 있다.

할아버지에게 물려받은 중소기업을 운영하고 있는 아버지 최태연은 아들이 중국에서 돈고생은 하지 말라고 두둑하게 챙겨주었다. 아버지는 현금 외에도 비자카드까지 주었다.

정필은 우선 연길시에 숙소를 구해놓을 생각이다. 은애 아버지 조석근 씨와 은철이가 탈북자 은신처인 베드로의 집으로 옮겨질 때까지는 이곳에 있어야 될 것 같아서이다.

정필은 나가기 전에 화장실에 들렀다. 한쪽에는 양변기가 있고 그 옆에 남자용 소변기가 있어서 아무 생각 없이 청바지 지퍼를 내리고 물건을 꺼냈다.

남자가 소변을 볼 때면 순서가 있다. 일단 소변기 앞에 서서 다리를 적당한 간격으로 벌리고 지퍼를 내린다. 그러고는 물건을 손으로 잡고 정조준을 해서 소변 줄기가 잘 나가는지 내려다보면서 확인한다.

촤아아!

어려서부터 오줌발 세기로는 타의 추종을 불허하는 정필의 오줌이 소변기를 깨뜨릴 기세로 뿜어졌다.

"꺄아악! 이기 뭡니까?"

그런데 느닷없이 은애가 발작적으로 비명을 질렀다.

"오라바이, 지금 뭘 보고 있고 또 뭘 만지고 있는 검까?"

정필은 순간적으로 은애가 왜 발작하는지 이해하지 못하고 그대로 있었다.

사람이란 소변을 보고 있는 동안만큼은 반쯤은 정신이 나간 멍한 상태가 되는데 정필도 예외가 아니었다.

그러다가 한순간 정신이 번쩍 들었다. 은애가 정필의 눈을 통해서 보고 또 그가 만지는 물건을 고스란히 느낀다는 사실을 깨달은 것이다.

말하자면 지금 정필이 내려다보고 있는 물건을 은애도 보고 있고, 그가 정조준을 하느라 잡고 있는 그것을 그녀도 잡고 있다는 애기가 된다.

"어?"

화들짝 놀란 정필은 급히 물건을 놓으면서 반사적으로 고개를 들고 정면을 쳐다보았다.

그러자 방향을 잃은 그의 물건이 좌우로 흔들리면서 강력한 오줌발을 화단에 물 주듯이 마구 뿌려댔다.

정필은 급히 다시 물건을 잡고 재 정조준을 할 수밖에 없었다. 그러지 않으면 벽과 바닥에 오줌이 흥건할 것이기 때문이다.

"으, 은애 씨, 남자들은 소변 볼 때 이래야만 합니다."

"……."

그러나 은애는 아무 말도 하지 않았다. 지금 정필이 다시 잡은 그의 물건을 은애도 느끼고 있기 때문이다. 다시 말해 은애의 손이 그의 물건을 잡고 있는 것이다.

정필은 연길 시내를 걸었다.

은애는 아까 평화의원 화장실 사건 이후 줄곧 침묵을 지키고 있는 중이다.

정필은 은애와 대화를 해야겠다고 생각했다.

"은애 씨."

"네."

그의 부름에 은애는 기어들어 가는 목소리로 겨우 대답했다.

"은애 씨가 내 몸속에서 나와 합체(合體)하여 사는 한 어쩔 수 없이 겪어야 하는 일들이 있습니다."

"……."

"은애 씨가 몸 밖으로 나오면 해결될 일이지만 지금은 그러지 못하니 은애 씨가 이해해야 합니다."

"네."

"앞으로 내가 또 소변을 볼 때마다 아까 같은 일이 벌어지면 우리 둘 다 불편하게 됩니다. 은애 씨도 생각해 봐요. 은애 씨가 소변 볼 때마다 누군가의 간섭을 받고 또 그에게 다 보이고 만진다고 생각한다면……."

"아, 알겠슴다. 그, 그만합세."

은애는 정필이 적나라하게 비유를 하니 질겁했다.

"그런데……."

"뭡니까?"

"아까 정필 오빠 소변 볼 때……."

그러더니 은애는 말끝을 흐리고 한참이 지나도록 아무 말도 하지 않았다.

은애는 지금까지 정필에게 한 톨의 거짓도 없이 모든 걸 솔직하게 말했지만 차마 이것만은 말할 수가 없었다.

은애는 아까 정필이 소변을 볼 때 그녀도 똑같이 꾹꾹 참고 있던 오줌을 방출하는 배뇨의 쾌감을 만끽했던 것이다.

정필은 연길 시내에 있는 백산호텔이라는 곳에 방을 하나 얻었다.

"와아, 호텔이란 데가 임금님 궁전 같습다."

백산호텔은 4성급 호텔이니 객실의 화려함을 본 은애의 눈이 뒤집어지지 않을 수 없었다.   .

정필이 객실에 뭐가 있는지 알아보기 위해 화장실과 냉장고 등을 열 때마다 은애는 감탄과 비명을 멈추지 않았다.

정필은 잠시 망설이다가 옷을 모두 훌훌 벗고 욕실로 들어가 욕조에 뜨거운 물을 틀었다.

촤아아!

한국을 떠난 지 오늘까지 4일째인데 강물에 온몸을 담그고 얼굴에 흙을 바르고 하면서 아직까지 샤워 한 번 하지 못해서 몸이 꿉꿉했다.

그런데 이처럼 좋은 호텔에 들어와서 목욕을 하지 않는 바보천치가 어디 있겠는가.

"은애 씨, 나는 지금부터 목욕을 할 텐데 은애 씨는 눈을 감든지 말든지 마음대로 하십시오."

어차피 한 몸에 공생(共生)을 할 수밖에 없는 처지라면 정필은 말할 것도 없고 은애도 많은 것을 감수하고 또 이해해야만 한다.

은애 때문에 정필이 언제까지나 목욕을 하지 못한다는 건 말이 되지 않았다.

정필은 일방적으로 선언을 해놓고 벌거벗은 몸으로 세면대 앞에 서서 이를 닦기 시작했다.

세면대에는 상반신 거울이, 뒤쪽에는 커다란 전신거울이 있지만 정필은 개의치 않았다. 뻔뻔스러운 게 아니라 지금으로선 어쩔 도리가 없었다.

아니, 오히려 정필은 뻔뻔스러움하고는 거리가 먼 성격이지만 지금은 두 사람 다 극복해야 할 것들이다. 그걸 뻔뻔스러움으로 극복하려는 것이다.

세면대에는 상반신 거울이지만 정필의 중요 부위까지 고스란히 비춰졌다. 그는 사실 낯 뜨겁고 어색했지만 애써 태연을 가장한 행동으로 이를 닦고 나서 뜨거운 욕조에 온몸을 담갔다.

처음에는 몹시 뜨거웠지만 뜨거운 목욕이 익숙한 그는 오히려 그 뜨거움을 즐겼다.

"아아……."

그런데 갑자기 은애가 죽어가는 신음 소리를 냈다.

"오, 오라바이, 너무 뜨거워서 몸이 익을 것 같습다."

평생 이런 식의 목욕을 해본 적이 없는 은애는 쪄 죽는 것 같은 지독한 열기에 헐떡거렸다.

그녀의 목욕이라는 것은 엄마가 가마솥에 뜨거운 물을 끓여주면 부엌 한구석에 커다란 대야를 놓고 거기에 뜨거운 물과 찬물을 적당히 섞은 다음 가만히 들어앉아 조금씩 몸에 물을 끼얹으며 닦거나 때를 미는 정도였다.

촤아아!

정필은 급히 욕조에서 나와 찬물을 틀어 물의 온도를 낮추고 나서 다시 들어갔다.

그는 원래 뜨거운 목욕을 좋아하지만 은애를 위해서 자신이 조금 희생하는 쪽을 택했다.

"아아, 따뜻하니까 나른해서 좋습다."

정필도 물이 뜨겁지 않고 적당한 온도라서 몸이 나른해지고 기분이 좋아졌다.

그가 가만히 생각해 보니 그 자신이 느끼고 있는 것을 은애도 동시에 같이 느끼는 것 같았다.

문득 그는 자신의 몸속에 은애가 같은 자세로 포개서 누워 있다는 생각을 하니 기분이 야릇해졌다.

그러고는 발가벗고 돌아다니던 은애의 아담하지만 뽀얗고 흰 살결과 탐스러운 유방, 곧게 뻗은 다리와 은밀한 부위의 우거진 숲이 신기루처럼 떠올랐다.

"아아······."

그때 은애가 또 요상한 신음 소리를 냈다.

"정필 오라바이······."

은애는 다급하면 오빠라는 호칭을 잊어버리고 오라바이를 찾았다.

"왜 그럽니까?"

"아아, 기, 기분이··· 이상함다."

"기분이 어떤데 그렇습니까?"

"아아, 말로 설명하기가······."

"아픕니까?"

정필은 더럭 걱정이 앞섰다.

"그, 그게 아니고··· 사타구니에 커다란 종이 매달린 것 같슴다."

'사타구니에 종?'

정필은 반사적으로 무언가를 깨닫고 움찔하면서 반사적으로 자신의 물건을 붙잡았다. 아주 크고 단단한 것이 한 손 가득 만져졌다.

조금 전에 은애의 벌거벗은 몸을 연상했는데 그것 때문에 젊은 그 녀석이 성이 난 것이다.

"꺄아악!"

정필이 만지는 것을 실시간으로 똑같이 느끼는 은애의 비명이 터지자 정필은 급히 손을 놓았다.

"정필 오라바이! 엉큼하게 무슨 생각 한 검까?"

"으, 은애 씨……."

"날강도! 도둑놈! 악질 반동! 미제 앞잡이! 아아악!"

은애가 빽빽 소리를 지르며 몸부림을 치는 게 정필에게 고스란히 느껴졌다.

그때 정필은 처음으로 은애하고 한 몸으로 공생하다가는 제명에 죽지 못할 것 같다는 생각을 했다.

"은애 씨."

"……."

"험! 여자는 어떤지 모르지만 남자는 간혹 기분이 좋아지면 저절로 이런 현상이 일어납니다."

"……."

"대소변을 보고 방귀를 뀌는 것처럼 이것도 생리현상이라고요, 생리현상. 그걸 나더러 어쩌라는 겁니까? 네?"

은애는 막무가내로 무식한 여자가 아니다. 그녀는 자신의 경우를 가만히 생각해 보았다.

사춘기 이후 그녀도 때로는 이상하게 가슴이 두근거리고 밤에 잠을 자다가 갑자기 묘한 흥분을 느낀 적이 있었다. 남자의 생리현상이라는 게 뭔지는 모르지만 어쩌면 그것과 비슷한 것일지도 모른다고 생각했다.

"알았슴다."

이후 은애는 정필이 목욕을 끝내고 팬티만 입은 채 객실로 나올 때까지 아무 말도 하지 않았다.

그러나 은애는 정필 몸속에서 깊은 자기반성을 하고 있었다.

'정필 오라바이는 나한테 하늘 같은 은인이야. 기니끼니 쓸데없는 일로 자꾸만 오라바이를 속상하게 하는 건 잘못된 짓이야. 반성하라우, 은애 동무.'

"후욱, 훅, 훅……."

정필은 팬티 차림으로 객실 바닥에 엎드려서 푸시업을 했다.

그는 아주 특별한 일이 있는 경우를 제외하고는 하루에 한 시간 이상 운동을 했다. 지금처럼 적당한 운동기구가 없을 때는 맨손으로 하는 푸시업이 최고였다.

그런데 정필이 푸시업을 세 번했을 때 전혀 예상하지 못한 놀라운 일이 벌어졌다.

투욱.

푸시업을 하고 있는 그의 몸에서 느닷없이 은애가 쑥 빠져나와 팔굽혀펴기 자세를 취하고 있는 그 아래에 엎드려 있는 게 아닌가.

"헛?"

"악!"

그는 너무 놀라 팔에 힘이 빠져 엎드려 있는 은애 몸 위로 엎어졌고, 그 바람에 은애가 비명을 질렀다.

"으, 은애 씨!"

정필이 벌떡 일어나 앉으며 외쳤다.

"아아……."

은애도 크게 놀라 어리둥절한 얼굴로 일어나 정필을 마주 보고 앉았다.

"정필 오라바이, 이기 어떻게 된 일임까?"

"푸시업을 했더니 은애 씨가 내 몸에서 나온 겁니다."

"푸… 시업이 뭐임까?"

"팔굽혀펴깁니다."

정필은 푸시업을 하는 시늉을 해 보였다.

"아……."

"괜찮습니까?"

"일없슴다."

"네?"

"괜찮다는 말임다."

"네."

정필은 한동안 못 보다가 은애를 다시 보게 되어 반가웠다. 그리고 푸시업을 해서 그녀를 몸 밖으로 내보낼 수 있다는 사실에 신기하고 또 다행이라는 생각이 들었다.

그는 두 손을 뻗어 은애의 뺨을 부드럽게 감싸고 온화한 표정을 지었다.

"은애 씨, 보고 싶었습니다."

"저, 정필 오라바이……."

정필의 난데없는 행동에 은애는 크게 당황해서 눈을 내리깔고 말을 더듬었다.

은애가 당황하자 정필은 그녀보다 더 당황하며 급히 손을 내렸다.

"아, 미안합니다."

"이제부터 은애 씨 아버지와 은철이가 있는 의원으로 갈 건데 은애 씨도 같이 갈 겁니까? 아니면 여기에서 기다리고 있어도 됩니다."

"정필 오빠."

2인용 소파에 마주 앉은 은애가 오빠라고 부르며 짐짓 정색했다.

"남조선에 안 가실 거임까?"

그렇게 묻는 은애의 얼굴에 초조함과 불안함이 겹쳤다. 그녀의 표정만으로도 정필이 떠나면 견딜 수 없다는 메시지를 전하고 있었다.

세상천지에 그녀를 유일하게 볼 수 있고 만질 수 있는 단한 사람이 떠나 버린다면 그녀는 그저 갈 곳 없는 혼령으로 남아서 연변이나 두만강을 떠돌거나 사라질 것이다.

"은애 씨 아버님하고 은철이가 목사님네 은신처에 들어가는 거 보고 가겠습니다."

"정말 고맙게도……."

울보 은애는 또 눈물을 글썽였다. 굳이 울보가 아니더라도 정필이 지금껏 자기에게 어떻게 해주었는지 안다면 눈물을 흘리지 않을 사람, 아니, 혼령이 없을 것이다.

은애가 갑자기 자세를 고쳐 단정하게 앉더니 두 손을 앞에 모으고 고개를 숙였다.

"염치가 없지만서두 부탁이 또 하나 있습다."

은애에게 정필은 유일하면서도 마지막 끈이다. 그걸 놓으면 그녀는 미아(迷兒)가 될 것이다.

"뭡니까?"

정필은 조금도 역정을 내지 않고 온화한 얼굴로 물었다. 어차피 은애 아버지 조석근 씨와 은철이가 당장 베드로의 집에 들어가는 게 아니기에 며칠 연길에 머물 생각이다.

그러니까 그동안 뭔지 모르는 은애의 부탁을 들어주는 것도 나쁘지 않을 것이라는 생각이다. 물론 정필이 할 수 있는 일이라면 말이다.

"엄마하고 제 동생 은주가 어떻게 됐는지 알아보고 싶습다.

정필 오빠가 알아봐 주갔슴까?"

정필은 잠시 생각에 잠겼다. 그는 연길에 대해서, 더구나 탈북자에 대해서는 아는 게 전혀 없다. 그런 상황에 은애 엄마와 여동생에 대해서 수소문하는 것은 백사장에서 바늘 하나를 찾는 것이나 다를 바가 없다.

'김길우라면……'

문득 그가 떠올랐다. 김길우는 연길의 택시 기사이고 탈북자에 대해서 잘 아는 것 같으니까 그를 만나서 물어보면 뭔가 건질 게 있지 않을까 하는 생각이 들었다. 궁하면 통한다더니 세상에 죽으라는 법은 없었다.

김길우에 대해서는 평화의원의 강명도나 강경미가 잘 알고 있을 듯하니 거기 가서 물어보면 될 것이다.

"가봅시다."

"네?"

정필이 일어나면서 말하자 은애도 따라 일어서며 깜짝 놀라는 표정을 지었다.

"우선 택시 기사를 만나서 물어봅시다."

"택시 기사가… 뭐임까?"

정필은 택시와 기사에 대해서, 그리고 택시 기사 김길우를 만나야 하는 이유에 대해서 설명해 주었다.

정필은 벌거벗고 서 있는 은애를 물끄러미 주시했다.

은애는 두 손을 내리고 서 있다가 갑자기 그가 처다본다고 가슴과 은밀한 곳을 가리기도 뭣해서 그냥 뻘쭘하게 고개를 옆으로 꼬고 서 있었다. 그래도 그가 처다보고 있는 시선이 생생하게 느껴졌다.

하지만 이상하게도 정필만은 자신의 벗은 몸을 봐도 되는 유일한 사람이라는 생각이 들었다. 그래도 작은 앙탈을 부려 보는 은애다.

"뭘… 자꾸 봅까?"

"흠. 은애 씨, 우리 다시 한 번 시도해 봅시다."

"에? 무, 무얼 말임까?"

은애의 얼굴이 흐려졌다. '시도'라는 말의 묘한 뉘앙스 때문일 것이다.

"밖에 돌아다니려면 은애 씨의 이런 모습으로는 좀 불편할 테니까 아까처럼 내 몸속에 들어와 보십시오."

"아……."

"이리 가까이……."

정필은 소파 바깥쪽으로 나가서 은애의 양 어깨를 잡고 가까이 당겼다.

오늘 새벽에 평화의원 병실의 좁은 침대 위에서 정필과 은애는 서로 마주 보는 자세로 안고 잤는데 2시간쯤 후에 깨어나 보니 그녀가 정필 몸속에 들어와 있었다.

그래서 서로 마주 보는 자세로 안으면 그녀가 몸속으로 들어가는지 시험해 보려는 것이다.

만약 이게 성공한다면 앞으로 언제 어디에서나 은애를 정필의 몸속에 넣었다가 다시 빼내는 것, 즉 합체와 이체(離體)가 가능할 테니 둘이 함께 있는 동안만큼은 그보다 편리한 일이 없을 것이다.

정필이 무엇을 하려는지 짐작한 은애는 두 사람 몸이 밀착할 정도로 아주 가깝게 바싹 다가섰다.

"이… 렇게 말임까?"

키가 크고 체격이 건장한 정필에 비해서 160㎝의 아담한 키에 풀잎처럼 가녀린 은애는 흡사 큰오빠와 막내 여동생이 서로 마주 보고 서 있는 것 같은 모습이다.

정필이 그녀의 등에 두 손을 대고 가벼이 끌어안자 그녀는 두 손을 그의 가슴에 대고 가만히 안겨들었다.

그렇지만 그 상태로 시간이 지나도 아무런 변화, 즉 은애가 정필의 몸속으로 사라지는 일은 벌어지지 않았다. 이 자세는 아닌 것 같았다.

"두 팔로 나를 안아보십시오."

은애는 가만히 두 팔을 빼내어 정필의 주문대로 했다. 정필은 은애의 등을, 은애는 그의 허리를 두 팔로 꼭 끌어안았다. 그러나 그 역시도 열쇠가 아니었다.

"뒤돌아보십시오."

정필은 다른 자세를 시도했다. 그의 주문에 은애는 순순히 그의 허리에서 팔을 풀고 돌아섰다.

그렇지만 그 자세에서도 두 사람 다 그냥 우두커니 서 있을 뿐이다. 은애는 뒤에 서 있는 그를 안을 수 없고, 정필이 안으려면 그녀의 가슴이나 배에 손이 닿아야 하는데, 새벽에 두 사람이 그런 식으로 자지는 않았을 것 같다.

'키(Key)가 뭘까?'

두 사람이 서로 안고 자다가 합체가 됐다면 특이한 자세를 취했거나 아니면 두 사람의 신체 어느 한 부위가 맞닿았기 때문일 수도 있었다.

"계속하겠습니까? 싫으면 그만해도 됩니다."

정필은 계속 이것저것 시도하노라면 뭔가 난감한 상황이 연출될 수도 있을 것 같아 은애가 꺼리면 그만두려고 생각했다.

"일없슴다."

"알았습니다. 이리 올라와 보십시오."

정필은 가죽점퍼를 벗고 티셔츠 차림으로 침대에 올라가서 천장을 보고 똑바로 누웠다.

"내 몸 위에 엎드려 보십시오."

민망한 자세지만 은애는 정필의 표정이 워낙 진지해서 아무 소리 하지 못하고 시키는 대로 하면서도 속으로는 정필의 또 다른 면을 보고 꽤 놀랐다.

'우야야, 정필 오라바이 진지하니까 딴사람 같구마이.'

정필은 은애를 자신의 몸 위에 엎드린 자세로 올려놓고는 두 손으로 그녀의 허리를 잡고 위로 올렸다 아래로 내렸다 하면서 두 사람의 신체 부위를 이리저리 맞춰보았다.

은애는 민망한 자세와 행동이라서 감히 정필의 얼굴을 보지 못하고 눈을 꼭 감았다.

그녀는 23년을 살아오는 동안 자신이 어느 남자의 몸 위에 엎드려서 이런 행동을 취하게 될 것이라는 생각은 한 번도 해본 적이 없었다.

'내가 죽기 전에 정필 오라바이 같은 좋은 분을 만났더라면 좋았을 것을……'

그런 생각이 불쑥 들었다. 정말 그랬더라면 은애는 자신의 모든 것을 다 바쳐서 정필만을 죽도록 사랑했을 것이다.

하지만 정필은 남조선 사람이니 살아생전에 은애와 만날 일은 없었을 것이다.

은애가 죽어서 혼령이 됐기 때문에 어떤 신비한 힘에 의해 두 사람은 만난 것이다.

정필은 은애의 몸을 장난감처럼 이리저리 움직이면서 여러 자세를 취했다. 자면서 입을 맞추지는 않았을 것이라서 패스. 두 사람의 아랫도리 은밀한 부위가 밀착했을 가능성도 적으므로 끝까지 안 되면 조심스럽게 해보기로 하고 뒤로 미뤘다.

'배꼽……'

슥—

정필이 속으로 말하면서 은애의 몸을 아래로 내려 둘의 배꼽을 맞췄다. 그러니까 자연히 아래쪽의 은밀한 부위도 딱 맞춰졌다.

"저, 정필……."

사아아.

"오라바이……."

그런데 정필이 두 손으로 잡고 있던 은애가 순식간에 사라져 버렸다.

그녀의 첫 말은 정필의 턱밑에서 들렸는데 '오라바이'라는 말은 몸속에서 들린 것이다.

"아! 됐습다! 저 들어왔습다, 정필 오라바이!"

은애가 정필의 몸속에서 꼼지락거리면서 기뻐 날뛰었다.

정필은 미간을 좁혔다.

'배꼽인가? 아니면 거기?'

어쨌든 두 사람은 두 번째 합체에 성공했다.

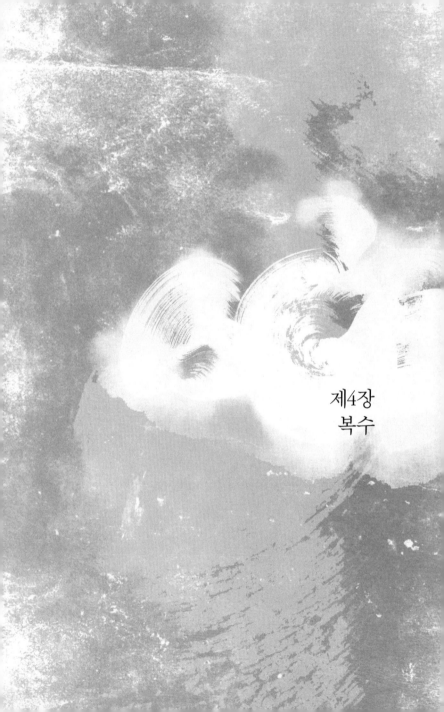

제4장
복수

정필이 묵는 백산호텔에서 평화의원까지는 멀지 않기 때문에 아까 왔던 길을 더듬어 걸어서 갔다.

1996년의 연길은 이제 막 개발 붐이 일어나기 시작하여 여기저기에서 빌딩 짓는 공사 때문에 거리가 어수선했다.

연길 한복판 번화가라는 곳의 풍경은 한국의 지방 중소도시의 10여 년 전 모습과 비슷했다.

그런데도 23년 동안 무산읍을 한 번도 벗어난 적이 없는 은애는 연길 시내를 보면서 탄성을 터뜨리느라 정신이 없었다.

"정필 오빠! 저길 보시오! 저는 저렇게 큰 건물은 한 번도 본 적이 없슴다!"

정필이 자기하고 같은 곳을 보고 있는 줄 알면서도 은애는 소풍 온 어린아이처럼 신바람이 났다.

"와아! 사람이 어째 저리 많슴메! 저 사람들이 다 어드메서 나온 검까?"

정필은 만약 은애가 대한민국 서울의 고속 발전한 으리으리한 광경을 본다면 기절초풍할 거라는 생각이 들었다.

정필은 우선 평화의원으로 가서 강명도에게 베드로의 집 목사하고 전화 통화를 하고 싶다고 부탁했다.

마침 의원에 환자가 없었기에 강명도는 즉시 어디론가 전화를 걸었다.

정필은 그 옆에서 묵묵히 강명도가 누르는 전화번호를 머릿속에 기억해 두었다.

"아, 명수 아버지 계시오?"

'명수 아버지'란 이들끼리만 통하는 암호인 것 같다고 정필은 나름대로 생각했다.

강명도가 누군가와 잠시 통화를 하면서 정필에 대해서 소개하더니 전화를 바꿔주었다.

"안녕하십니까, 목사님. 서울에서 온 최정필이라고 합니다. 뭐 좀 여쭤보려고 전화로 실례하게 되었습니다."

정필은 깍듯하게 예의를 갖추었다. 옛날 어릴 때부터 인사성 좋고 예의 바르다고 소문이 자자하던 그다.

"혹시 목사님께선 북한 무산에 사는 모녀로 어머니 성함은 김금화 씨이고 딸은 조은주인데 그런 분 모르십니까?"

카랑카랑한 목소리의 장중환 목사는 자료를 봐야 알 수 있다면서 기다리라고 하더니 잠시 후 그런 사람은 모른다는 대답이 돌아왔다.

"감사합니다, 목사님. 조만간 한번 뵙겠습니다."

정필은 인사를 하고 전화를 끊었다.

잠시 후, 간호원 강경미가 김길우의 무선 호출기 번호로 그를 호출했다.

10분쯤 후에 김길우가 평화의원으로 전화를 했는데 정필이 그를 오라고 불렀다.

정필은 김길우의 택시에 무작정 올라탔다.

"김길우 씨, 탈북자들에 대해서 잘 압니까?"

"잘 아는 건 아니지만 알 만큼은 아오."

"사람을 찾으려고 합니다."

"뉘기요?"

"오늘 새벽에 북한에서 구해 온 분의 부인과 둘째딸입니다.

방법이 없겠습니까?"

　김길우는 연길 시내를 이리저리 달리면서 깊게 생각하지도 않고 대답했다.

　"북조선에서 도강하는 사람의 95%가 여자요. 왜 여자들만 오는지 이유를 아시오?"

　"뭡니까?"

　"남자들은 죄다 군대에 있거나 직장에 매여 있소. 그러지 않은 사람은 나이 먹은 노인이나 병에 걸린 사람뿐이오. 군대를 벗어나면 탈영이고, 직장을 사흘만 빼먹으면 당원에서 박탈당하고 형편없는 지역으로 추방되든가 더 심하면 정치범수용소에 가족 몽땅 끌려가니끼니 남자들은 배급을 받지 못하더라도, 그리고 무슨 일이 있어도 줄창 군대나 직장에 붙어 있지 않으면 앙이 되오. 목숨이라도 부지하자면 그래야 하오."

　"그렇군요."

　"다른 지역은 몰라도 말이오, 연변에서는 북조선 여자들이 어디로 가냐 하면 말이오, 두 군데로 갈라진다 이거요, 두 군데."

　"그게 어딥니까?"

　"통계로 보자면 말이오, 열 명 중에 일곱 명은 연변 이곳저곳에서 중국인이나 조선족들이 더럽다고 하지 않는 온갖 잡일 같은 거 맡아서 하고, 나머지 세 명은 인신매매로 팔려 간단 말이오."

정필은 움찔 놀랐다. 북한 여자들이 설마 인신매매를 당할
줄은 상상조차 하지 못했다.

단지 배가 고파서 먹을 걸 찾아왔을 뿐인데 인신매매라니
말도 안 되는 일이었다.

그것도 열 명 중에 세 명이라니. 그렇다면 여자들 중에 무
려 30%나 인신매매를 당한다는 얘기다.

"어디로 팔려 갑니까?"

정필의 몸속 은애는 인신매매라는 말뜻을 모르기 때문에
잠자코 있었다.

"어디긴 어디요? 흑룡강성이나 전화도 없는 깡촌 아니면 변
방이지."

"북한 여자들이 거기 팔려 가서 뭘 하는 겁니까?"

김길우의 얘기는 대충 이러했다.

중국은 오래전부터 한 자녀 출산정책 때문에 자식을 한 명
만 낳을 수 있었다. 자칫 실수해 하나 더 낳았다가는 감당하
기 어려운 무거운 벌금을 물어야 했다.

중국의 부부들이 무슨 방법을 사용했든지 간에 그 정책 때
문에, 그리고 남아선호사상 때문에 남자아이가 점점 많이 태
어나서 남녀의 성비(性比)가 1996년 현재 110대 100으로 남자
가 여자보다 10명 더 많은 상황이 초래되었다.

더구나 시골의 여자들이 결혼적령기 이전에 돈이라든가 학업 같은 여러 가지 이유로 도시로 쏟아져 나가다 보니 시골에 남아 있는 남자들은 여자 품귀 현상으로 나이 40세가 넘도록 장가를 못 가는 남자가 수두룩했고, 죽을 때까지 장가는커녕 여자하고 동침조차 해보지 못한 남자도 부지기수라고 한다.

무식한데다 가난하고 나이도 많으며 시골구석에서 땅강아지처럼 농사나 짓는 무지렁이 남자들이 여자 구경을 할 수 있는 방법은 오로지 몇 푼 주고 북조선 여자들을 사 오는 것뿐이었다.

북조선 여자들이 도강하여 중국 땅으로 몰려들고 있는 것은 어쩌면 장가 못 간 중국 남자들에겐 하늘이 내린 축복 같은 일이었다.

18세에서 25세까지 젊고 새파란 여자면 3천 위안이면 살 수 있고, 거기에 미인이면 5천 위안은 내야 했다.

3천 위안이면 한국 돈으로 36만 원이고 5천 위안이면 60만 원 정도이다.

단지 그 돈으로 한 여자의 몸뚱이와 운명, 꿈까지 몽땅 살 수 있다는 것이다.

북한에서 단지 배가 고파서, 가족들을 먹여 살리기 위해서 먹을 것을 찾아 도강한 순진한 소녀들이 단돈 36~60만 원에 팔려 가 개처럼 두들겨 맞고 새벽부터 밤늦게까지 죽어라 밭일에 산에서 나무를 하는 등 노예처럼 일하면서 또한 시도 때도 없이 중국 시골 무지렁이 사내들의 정액받이가 되는 것이다.

그렇다고 그 돈을 북한 여자들이 갖는 게 아니었다. 여자들은 단 한 푼도 만져보지 못하고 인신매매꾼들이 다 가져갔다. 여자들은 그저 주는 대로 먹고 목숨을 연명하는 것으로 만족해야 했다.

돈을 받아서 그걸 북한의 가족들에게 보낸다고 해도 원통할 일인데, 한 푼도 받지 못하고 난생처음 보는 자신의 아버지뻘인 사내 하나만 바라보면서 죽을 때까지 살아야 하는 것이 탈북한 북조선 여자들의 운명이었다.

심한 경우에는 믿어지지 않는 일이지만 남자 형제만 우글거리는 집에 팔려 간 북조선 여자는 그 형제들의 공동 정액받이가 된다고 한다.

여자 몸뚱이가 공동화장실도 아니고 같은 집에 살면서 이놈저놈 품에 안겨서 정액을 받아야 하는 처지라니 인간으로서 할 짓이 아니었다.

중국 남자에게 팔려 간 탈북녀가 사는 게 힘들고 무섭다고 탈출하면 99% 다시 붙잡혔다.

마을의 어느 누구도 북조선 여자를 도와주지 않기 때문이다. 그렇게 붙잡혀서 개처럼 두들겨 맞아 죽은 여자도 허다하다는 것이다.

그러다가 애라도 낳으면 발목이 잡혀서 더 이상 탈출은 꿈도 꾸지 못하고, 그렇게 허위허위 짐승처럼 살 수밖에 없게 된다는 것이다.

북조선 여자는 중국 호적에 올릴 수 없었다. 또한 북조선 여자가 낳은 자식도 호적에 못 올린다. 그러니 결국 북조선 여자나 그녀가 낳은 자식은 유령이나 마찬가지였다.

"탈북자들에 대해서 잘 아는 친구가 있으니 내가 한번 알아보겠소."

김길우의 말에 조수석에 탄 정필이 물었다.

"어떤 사람입니까?"

김길우가 정필을 힐끗 쳐다보았다.

정필은 그의 눈빛에서 돈을 요구한다고 느꼈다.

"수고비는 내겠습니다. 얼마면 되겠습니까?"

"돈은 앙이 받겠소."

"그래도……"

"오늘은 내 쉬는 날이니끼니 거저 도와주갔소. 평화의원 강 선생님은 내게 하늘 같은 은인이시니까 말이오."

"그렇습니까?"

"내 궁핍하던 시절에 마누라 다 죽어가는 거이 강 선생님이 돈 한 푼 안 받고 살려주셨단 말이오. 그뿐이 아니오. 지금 택시 일도 강 선생님이 소개해 주시지 않았겠소."

"아……."

정필은 몰랐던 사실을 알게 되었다.

"아까 강 선생님이 당신을 도와주라고 말씀하셨소. 기니끼니 내 목숨을 걸고서라도 당신을 돕갔어."

"감사합니다."

김길우는 택시를 세우고 공중전화로 뛰어가서 누군가를 호출하고 돌아왔다.

"그 친구한테 내가 잘 아는 식당으로 연락하라고 했으니까 그리 가기요."

은애는 택시에 탄 이후 정필의 몸속에서 한마디도 하지 않고 움직이지도 않았다.

너무 조용해서 정필은 그녀가 사라진 것은 아닌지 의심이 들 정도였다. 김길우만 아니면 확인해 보겠는데 그럴 수도 없는 상황이다.

10분쯤 후 택시는 대로를 벗어나더니 좀 지저분한 뒷골목으로 들어갔다.

정필은 차창 밖으로 주위를 둘러보면서 주변 지리를 눈에 담아두었다.

"여긴 어딥니까?"

"장백산서로(長白山西路)요."

정필은 조금 전 대로에서 중국은행과 공상은행이라는 곳을 보았다.

잠시 후 택시는 골목 안 5층짜리 상가 건물 일 층에 있는 어느 허름한 식당 앞에 멈췄다.

"기다리시오. 친구를 만나고 오겠소."

"같이 가겠습니다."

김길우는 내리려다가 말고 굳은 얼굴로 정필을 쳐다보더니 어쩔 수 없다는 듯 주의를 주었다.

"내 친구지만 성질이 난폭한 놈이니까 당신은 아무 말도 하지 마시오. 알았소?"

"알았습니다."

무슨 말이든 자신의 귀로 들어야 하고 무슨 일이든 직접 눈으로 봐야 믿는 정필이다.

정필은 '흥남국밥'이라고 한글로 삐딱하게 적힌 식당 간판을 쳐다보았다.

"아줌마! 내 왔소!"

김길우가 식당 문을 열고 들어가며 큰 소리로 말하고 정필이 뒤를 따랐다.

낡은 테이블 다섯 개가 전부인 식당 안에는 두 테이블에 노동자로 보이는 남자 손님들이 앉아서 국밥에 술을 마시고 있으며, 실내에는 고기를 삶고 국을 끓이는 냄새가 가득했는데 그 냄새를 맡고 정필은 문득 허기를 느꼈다.

김길우는 햇살이 가득 쏟아져 들어오는 유리문 쪽 테이블에 앉으면서 또 소리쳤다.

"영실 아줌마! 여기 국밥 두 개 하고… 어, 또……."

김길우는 앞에 앉은 정필을 힐끗 보더니 기세 좋게 외쳤다.

"고려촌술 한 병 주시오!"

정필이 보기에 고려촌술은 비싼 것 같았다. 김길우는 밥값을 정필이 낼 것 같으니 비싼 술을 시킨 듯하다. 그럼에도 그의 그런 행동은 밉지 않았다.

정필은 출입구를 등지고 주방 쪽을 보고 앉았다. 주방은 따로 있지 않고 식당 홀 한쪽을 사용했으며, 아줌마 두 명이 바쁘게 움직이고 있다.

그중 30대 중반의 머리를 틀어 올린 아담한 체구에 아가씨 때는 꽤 예뻤을 여자가 커다란 솥에서 끓고 있는 국물을 뚝배기에 퍼 담고 고기를 수북하게 담아 정필과 김길우 앞에 내려놓았다.

"오랜만에 왔수다, 길우 씨."

"헤헤! 영실 아줌마 보고 싶어서 죽는 줄 알았소! 이보소.

내 얼굴 마르지 않았소?"

김길우가 자신과 비슷한 연배인 30대 중반의 여자에게 어째서 영실 아줌마라고 부르는지 모르겠다. 어쨌든 영실 아줌마는 김길우의 농담이 그다지 싫지 않은 듯 살짝 눈을 흘기고 돌아갔다.

김길우는 두 손을 비비며 군침을 흘리더니 이윽고 후후 불어가며 국밥을 퍼먹기 시작하며 턱으로 정필 앞에 놓인 국밥을 가리켰다.

"들기요."

"네."

이른 아침에 평화의원에서 먹은 게 전부라서 정필은 구수한 국밥 냄새에 시장기를 느끼고 숟가락을 들었다.

"냄새가 참 좋습다."

그때까지 잠자코 있던 은애가 불쑥 말했다.

"이거이 국밥이라고 함까?"

"음."

은애의 물음에 정필은 말을 할 수 없기에 그저 그런 식으로 대답했다.

"아까는 저 사람 말을 듣고 엄마하고 은주가 걱정이 돼서 죽을 것 같았습다."

은애는 줄곧 말이 없던 이유를 이제야 설명했다. 김길우가 북한 여자들 30%가 인신매매로 팔려 가며, 그 여자들이 얼마나 비참한 생활을 하는지 실상을 설명하는 동안 은애는 엄마와 은주가 인신매매로 팔려 갔으면 어쩌나 싶은 걱정 때문에 숨이 끊어지는 것만 같았다.

은애는 혼령으로 있을 때는 추위나 배고픔 같은 것을 전혀 느끼지 못하지만 일단 정필의 몸과 합체하고 나면 그가 느끼는 것을 동일하게 느꼈다. 그럴 때는 보통 인간과 다를 바가 없었다.

지금 정필은 허기를 느끼고 있으며, 그래서 은애도 배가 몹시 고팠다.

그녀는 정필과 합체했을 때의 좋은 점들을 하나씩 새록새록 알아가고 있는 중이었다.

"한잔하기요."

"나는 됐습니다."

정필은 술을 좋아하지만 낮술, 더구나 이런 상황에서는 절대로 술을 마시지 않는 것을 신조로 삼기 때문에 김길우가 권하는 술을 사양했다.

그렇지만 김길우는 이따가 택시를 운전할 것이면서도 고려촌술이라는 고급 술을 입맛을 다셔가며 연거푸 마셔댔다.

그때 식당의 전화벨이 경망스럽게 울리더니 영실 아줌마가 김길우를 불렀다.

김길우가 전화를 받더니 상대방에게 점심을 살 테니까 이곳으로 오라 하고 끊었다.

"정필 오빠, 이거이 정말 맛있습다."

은애는 이렇게 맛있는 고깃국은 태어나서 정말이지 난생처음 먹어본다.

예전에 북조선 최고의 명절인 태양절(김일성 생일 4월 15일)과 광명성절(김정일 생일 2월 16일)에 돼지고기 1kg씩 받았을 때 엄마가 돼짓국을 끓여주어 먹었는데 그게 세상에서 최고로 맛있는 음식인 줄 알았다.

그나마도 배급이 끊어진 후로는 돼지고기는커녕 강냉이조차 주지 않았다.

그런데 이제 보니까 엄마가 끓여준 돼짓국이 아니라 이 국밥이 제일 맛있다는 걸 오늘 깨달았다.

"정필 오빠, 국물만 마시지 말고 괴기를 많이 잡수우다. 그거이 정말 맛있습다."

은애가 언제 엄마하고 은주 걱정을 했나 싶게 신나서 떠들었다. 정필은 국물도 고기도 좋아하지만 은애의 요구대로 아줌마에게 고기를 더 달라고 해서 맛있게 먹었다. 그런데 문제가 생겼다.

"아아, 이제 배가 터질 것 같아서 더는 먹지 못하겠습다. 고만 잡수소."

    은애가 배부르다고 하소연을 하지만 정필은 아직 양이 절반
도 차지 않았다.

    은애보다 곱절은 더 먹어야 배가 부를 텐데 체구가 작은 은
애는 벌써 배가 부르다고 난리였다.

    그때 문이 열리고 사내 두 명이 들어섰다. 둘 다 두툼한 검
정 계통의 파카를 입은 당당한 체구의 30대 중반 남자로 곧
장 김길우에게 다가왔다.

    "야아! 오랜만이다! 이거이 얼마 만인가?"

    김길우가 일어나 두 사내 중 한 명과 악수를 하고 설레발을
치자 정필은 숟가락을 놓고 일어섰다.

    김길우는 두 사내 중 한 명하고만 아는 사이인 것 같았고,
다른 사내하고는 그냥 눈인사만 나누며 아는 체를 했다.

    정필은 김길우 옆으로 자리를 옮겨 앉고 새로 온 두 사내
는 맞은편에 나란히 앉았다.

    정필이 보니 오른쪽의 사내는 가늘게 찢어진 눈에 얄팍한
입술을 지녔으며 잔인하고 교활한 인상이어서 첫눈에도 정나
미가 떨어졌다.

    그리고 왼쪽 정필 맞은편의 사내는 세모꼴 눈에 뭉툭한 코,
두툼한 입술을 지닌 두루뭉술한 인상이다.

    정필의 경험에 비추어봤을 때 이런 인상은 우직하고 믿음
이 가는 반면 일단 일이 터지면 용맹하기 짝이 없으며 물불을

가리지 않는 성격이다.

그렇게 봤을 때 오른쪽 사내보다 왼쪽 사내가 주도권을 쥐고 있을 가능성이 컸다. 아까 김길우가 요란하게 인사를 한 사람은 왼쪽 사내였다.

두 사내는 자리에 앉기 전부터 날카로운 눈빛으로 정필의 온몸을 훑었다.

특전사 경험뿐인 정필이지만 사내들에게서 어떤 냄새가 강하게 나는 걸 본능적으로 느꼈다. 특히 범죄에 몸을 담고 있을 것이라는 인상이 풍겼다.

정필이 엷은 미소를 지으며 가볍게 고개를 숙여 목례를 하는데 갑자기 은애가 몸을 부들부들 떠는 것이 생생하게 느껴졌다.

정필은 은애가 갑자기 이상이 생겼을지 모른다고 생각했다. 혼령인 은애를 만난 것이나 그녀가 정필의 몸속에 합체된 것 하나부터 열까지 괴이한 일투성이니 또 무슨 괴변이 벌어진다고 해도 마음의 준비가 되어 있는 정필이다.

그런데 은애는 아무 말도 하지 않고 그저 끄으으 하는 신음 소린지 뭔지 이상한 소리를 내면서 점점 더 몸의 떨림이 심해지고 있었다.

정필은 지금 매우 중요한 순간이기 때문에 자리를 비울 수가 없는 상황이라 잠자코 은애가 좋아지기를 기다렸다.

만약 그가 은애 때문에 잠시 밖에 나간다면 김길우와 저 사내들이 뭔가 재빨리 말을 주고받을 수가 있었다. 물론 그러지 않을 가능성이 더 크지만 그럴 상황을 배제할 수 없기 때문에 자리를 뜰 수가 없었다.

"찾는 사람 이름이 뭐이오?"

맞은편 오른쪽 사내가 작은 눈을 더 가늘게 뜨면서 재빨리 정필과 김길우를 훑으며 단도직입적으로 물었다.

조금 전에 김길우는 왼쪽의 사내하고 인사를 했으니까 오른쪽 사내는 김길우가 잘 모르거나 아니면 가볍게 안면 정도 있는 사이일 것이다.

김길우가 직접 말하라고 정필을 쳐다보았다.

"모녀인데 모친이 김금화고 딸이 조은주입니다."

두 사내는 서로 얼굴을 쳐다보더니 오른쪽 사내가 물었다.

"선생이 찾는 거이오?"

"그게 아니고……."

정필이 조은애라는 여자가 엄마와 여동생을 찾고 있다는 말을 하려는데 영실 아줌마가 국밥과 술잔을 가져와서 두 사내 앞에 내려놓는 바람에 대화가 잠시 끊어졌다.

"정필 오라바이……."

그런데 그때 들려온 은애의 목소리가 와들와들 떨렸다. 오라바이라고 부르는 걸 보니 다급한 일이 생긴 모양이다.

"바로 저놈이우다."

마침 정필은 맞은편 왼쪽 사내를 쳐다보고 있었고 그도 정필을 쳐다보고 있었다.

"저놈이 내 목을 졸라서 죽였습다. 오라바이, 저놈이 박종태임다."

"……"

강심장인 정필마저도 그 순간 움찔 놀라 눈을 부릅뜨고 몸이 경직되면서 부지중 왼쪽 사내를 쏘아보았다.

"으으, 흑흑! 저놈이 날 죽이고 칼을 뺏어 갔습다. 저 원수놈을 어카면 좋습까."

은애의 떨림이 점점 더 심해졌다.

"무슨 문제 있소?"

그때 왼쪽 사내가 정필의 행동이 이상했던지 그를 똑바로 주시하며 불쑥 물었다.

정필은 자신이 이미 그들에게 이상하게 보였다는 걸 알기 때문에 섣불리 행동하면 의심을 살 거라고 생각했다.

"그 모녀를 찾아주면 만 달러 내겠습니다."

"……"

정필이 임기응변으로 한 말에 두 사내의 표정이 홱 변했다. 무슨 일이 있어도 표정 변화가 없을 것 같던 왼쪽 사내마저 만 달러라는 말에 국밥을 뜨던 숟가락을 뚝 멈추고 부릅뜬 눈으로 정필을 쳐다보았다.

그럴 수밖에 없다. 만 달러면 인민폐로 6만 위안쯤 된다. 연길시 노동자 평균 월급이 7~800원쯤 되니까 무려 7년 치 연봉이 넘는 거액이니 놀라지 않을 재간이 없을 것이다.

정필은 일단 그렇게 미끼를 던져서 자신의 방금 표정과 행동이 이상하던 것을 슬쩍 덮어버렸다.

그는 두 사내가 당연히 미끼를 물 것이라고 확신했다. 그들이 은애 엄마와 여동생에 대해서 모른다고 해도 만 달러를 벌기 위해서는 여기저기 수소문하는 등 나름대로 최대한 노력할 것이다.

"잠깐 실례하겠소."

두 사내가 밥을 먹다 말고 일어나 식당 밖으로 나갔다. 자기들끼리 궁리를 하려는 모양이다.

어쩌면 정필의 돈을 날로 먹으려고 할지도 모르지만 정필은 그리 만만한 사람이 아니었다.

갑작스런 정필의 제안에 너무 놀란 김길우가 밥 먹는 것도 잊은 채 눈을 크게 뜨고 정필에게 물었다.

"정말 만 달러를 내놓을 거요?"

"그렇습니다."

김길우는 식당 밖을 힐끗 쳐다보더니 목소리를 낮췄다.

"그렇더라도 너무 성급했소. 저들에겐 그저 몇 마디 묻는 걸로 끝나면 되는데……."

김길우는 은애 엄마와 여동생 소식을 알아보려고 두 사내를 만나기는 했지만 꽤 꺼리는 모습이 역력했다. 그만큼 두 사내가 질이 좋지 않다는 뜻이다.

김길우가 더 목소리를 낮춰서 속삭이듯 말했다.

"만약 저들이 어딜 가자고 하면 절대 따라가지 마시오."

정필이 가볍게 고개를 끄떡일 때 밖에 나갔던 두 사내가 다시 들어와 자리에 앉는데 조금 전하고는 달리 어떤 비장함과 함께 예리하게 날 선 표정이다.

왼쪽 사내가 정필을 똑바로 주시하며 물었다.

"정말 만 달러 주는 거요?"

"모녀를 찾아주면 주겠습니다."

"돈이 있는지 봅시다."

그 말에 은애가 바르르 진저리를 쳤다. 그때도 지금처럼 이랬다. 박종태는 은애에게 칼이 있는지, 그게 진품인지 보자고 했고, 은애가 도망치니까 뒤따라와서 목을 졸라 죽여 시신을 두만강에 버렸다.

정필은 어떻게 하는지 보자는 식으로 기세 좋게 지갑에서 100달러 지폐 20장을 뭉텅이로 꺼내 탁자에 놓고 두르르 펼쳤다.

"보통 만 달러나 하는 거금을 지갑에 넣고 다니는 사람은 혼하지 않습니다. 이건 보다시피 2천 달러입니다."

그는 지갑의 수북한 인민폐를 일부러 보이게 해놓고 비자카드를 꺼내 보였다.

"이건 비자카드이고 5만 달러까지 인출할 수 있습니다."

두 사내는 물론이고 김길우까지도 거의 경악에 가까운 표정을 지으며 탁자에 펼쳐 있는 2천 달러와 비자카드를 번갈아 쳐다보았다. 아마도 이들은 이렇게 많은 달러를 처음 볼 것이다.

"이 정도면 됐습니까?"

정필의 말에 두 사내는 긴장한 기색이 역력한 얼굴로 말없이 고개를 끄떡였다.

정필은 조금도 당황하지 않고 천천히 비자카드와 달러를 지갑에 챙기고 청바지 앞주머니에 집어넣었다.

조금 전하고 분위기가 확 달라졌다. 두 사내는 더 이상 건들거리지도 난폭한 눈빛을 보이지도 않았다. 다만 엄숙할 정도의 침묵이 흘렀다.

정필은 왼쪽의 사내가 정말 박종태인지 확인할 필요가 있다고 생각했다.

은애가 당한 날은 달도 없는 캄캄한 밤이었다니까 얼굴을 잘못 봤을 수도 있었다.

"당신들 이름이 뭡니까?"

정필이 불쑥 이름을 물을 줄은 예상하지 못했는지 두 사내가 미간을 찌푸리며 경계했다.

"당신들에게 일을 맡기려는데 이름을 몰라서야 어떻게 신용할 수 있겠습니까?"

"선생 이름은 뭐이오?"

"나는 최정필입니다."

박종태가 턱으로 김길우를 가리켰다.

"저 친구 말로는 한국 사람이라던데… 여권 좀 봅시다."

슥—

정필은 다른 주머니에서 여권을 꺼내 사내들에게 넘겨주지 않고 국적과 이름이 나온 곳을 펼쳐서 손바닥 안에 쥐고 박종태 앞에 내밀었다.

잠시 여권을 뚫어지게 주시하던 박종태가 고개를 끄떡였다.

"나는 박종태고 이 치는 권승갑이우다."

"공민증 봅시다."

정필은 박종태가 요구한 그대로 요구했다. 나도 보여줬으니까 너희도 보여달라는 것이다.

두 사내는 정필이 이렇게까지 나올 줄 몰랐는지 '어?' 하는 표정을 지었다.

그렇지만 자신들이 한 짓도 있으니 거절하지 못하고 부스럭거리면서 공민증을 꺼내 방금 정필이 한 것처럼 손아귀에 쥐고 나란히 내밀었다.

정필은 박종태 것부터 보았다. 전부 한문과 숫자로 적혀 있지만 어려서부터 할아버지에게 천자문을 시작으로 명심보감 등을 두루 배운 정필로선 막힐 게 없었다.

정필은 우선 왼쪽의 사내 이름이 박종태가 맞는지부터 확인했다.

그다음은 사는 지역, 즉 주소, 공민증 번호를 보면서 외우려고 애썼다.

특이한 것은 민족(民族)이라는 칸에 '조선족(朝鮮族)'이라고 적혀 있다는 사실이다.

중요한 건 박종태니까 그 옆의 권승갑이라는 자는 대충 훑어보고 이름이 맞는지 정도만 확인했다.

"됐소?"

정필이 공민증을 자세히 들여다보고 있으니 박종태가 약간 신경질을 내면서 공민증을 거두었다.

"됐습니다."

정필은 박종태에게 은애 엄마와 은주를 찾는 것은 크게 기대하지 않았다.

정필은 은애의 복수를 해주고 싶었다. 그렇지만 박종태가 두만강에서 은애를 목 졸라 죽이고 시체를 강에 버렸기 때문에 증거가 없다.

그러니까 중국 공안에 신고를 한다고 해도 박종태를 처벌할 수 있는 뾰족한 방법이 없었다.

그렇다고 해서 박종태를 용서할 수도 없고, 용서해서도 안 된다. 굶어서 죽음을 기다리며 누워 있는 아버지와 남동생을 배불리 먹이기 위해 칼을 팔러 벌거벗은 몸으로 두만강을 건넌 연약한 은애의 목을 졸라 죽이고 그 불쌍한 몸뚱이를 미련 없이 강물에 버린 악마 같은 놈을 용서한다는 것은 말이 안 되었다.

'아무도 응징하지 않는다면 내가 하겠다!'

정필은 그렇게 결심했다.

"우리가 모녀에 대해서 자세히 알아보고서리 연락하겠소. 어디로 연락하면 되오?"

"백산호텔에 묵고 있습니다. 그리 전화하십시오."

정필은 끝까지 흐트러짐 없이 깍듯하게 행동했다.

박종태와 권승갑은 처음하고는 달리 일어나서 가볍게 고개를 숙이고 식당을 나갔다.

"이보오, 선생, 도대체 어쩌려고 이러는 거요? 죽으려고 환장한 거이오?"

두 사람이 나가자마자 김길우가 주먹으로 제 손바닥을 탁탁 치면서 따지듯 언성을 높였다.

"나는 사람만 찾으면 됩니다."

"글쎄, 저들은 위험하오. 그리고 믿을 수가……."

"그만 갑시다."

정필은 김길우의 언성이 높아져 식당 안의 손님들이 쳐다보자 자리에서 일어섰다.

정필 등이 식당을 나가려는데 영실 아줌마가 뒤에서 예쁜 목소리로 소리쳤다.

"잘생긴 총각, 또 오우!"

정필은 돌아서 고개를 숙여 보이고는 식당을 나왔다.

정필은 택시를 타고 평화의원으로 가는 길에 무모하게 행동한 것에 대해 김길우에게 계속 잔소리를 들어야만 했다.

처음에 두만강 무산에 다녀올 때는 김길우가 틈만 나면 돈을 요구해서 돈만 아는 비열한 인간이라고 생각했는데, 이처럼 정필을 걱정하는 걸 보면 그를 오해한 것 같아서 미안한 마음이 들었다.

이윽고 일행이 평화의원에 도착했는데 강명도의 말이 베드로의 집 장중환 목사가 바빠서 당분간 만나지 못할 거라고 말했다.

그러면서 장중환 목사가 이번에 여섯 명의 탈북자를 한국으로 데려가기 위해서 출발했기에 이틀 정도 지나야 만날 수 있다고 귀띔해 주었다.

"목사님께서 탈북자들을 직접 인솔해서 한국까지 갔다가 오시는 겁니까?"

"그게 아닐세."

"그럼 다른 볼일이라도……."

장중환 목사가 이왕 한국에 간 김에 이런저런 볼일을 볼 수도 있을 거라는 생각이 들었다.

"흠, 어떻게 설명해야 하나."

마침 환자도 없어서 휴게실에는 정필과 김길우, 강경미까지 옹기종기 모여 앉아서 강명도의 설명을 들었다.

어떻게 앉다 보니까 정필 옆에는 강경미가, 강명도 옆에는 김길우가 앉았다.

"탈북자가 중국 공안에 붙잡히면 북송된다는 사실은 내가 말했지?"

"네."

"일단 북한과 중국은 혈맹 관계라네. 그걸 잊으면 안 돼. 한국이 미국하고 혈맹인 것처럼 말이야."

강명도는 정필이 고개를 끄떡이는 걸 보고 설명을 이었다.

"그러니까 중국 정부는 탈북자를 난민으로 인정하지 않고 체포하는 족족 모두 북송시키고 있네."

정필로서는, 그리고 은애도 처음 듣는 얘기라서 귀를 바짝 곤두세웠다.

"대한민국 정부에서 탈북자들을 난민으로 인정해 달라고 중국 정부에 줄기차게 요구하고 있지만 중국은 요지부동 꿈쩍도 하지 않네."

　"왜 그런 겁니까?"

　"왜 그런가 하면……."

　정필의 질문에 강명도의 목소리가 더 진지해졌다.

　"북한은 지난 몇 년 동안 홍수와 가뭄이 연이어 겹치면서 쌀을 비롯한 곡물 생산량이 큰 폭으로 줄었다네. 그러다가 1995년 엄청난 대기근으로 곡물 수확량이 반 토막이 나니까 김정일이 중대한 결정을 내렸지. 인민들의 배급을 전면 중단하면서 이른 바 '고난의 행군'이라는 걸 선포했다네."

　"고난의 행군이요?"

　"옛날 김일성이 이끌던 항일 빨치산이 일본군의 추격을 뿌리치면서 도주를 감행한 것을 이른 바 '고난의 행군'이라고 칭송하는데, 김정일은 바로 그 정신으로 배고픔을 이기라는 거지. 한마디로 개소리야."

　"그렇군요."

　"공산주의라는 게 뭔가? 똑같이 평등하게 일해서 평등하게 나눠 갖고 먹고 사는 거 아닌가? 그런데 인민들에게 일은 등골을 뽑을 것처럼 부려먹으면서 식량을 비롯한 모든 물자의 배급을 중단하면 그게 어디 공산주의인가? 인민들 다 죽으라는 거지!"

강명도는 흥분했는지 목소리가 점점 커졌다.

"두고 보게. 북한 정권은 배급을 재개하지 않을 것이고, 북한 내부에서는 아사자가 속출할 거야. 북한에 다녀온 중국인들 말에 의하면 북한 곳곳에 굶어 죽은 시체가 발에 채일 정도로 널려 있다는 게야. 배급 끊어진 지 일 년밖에 안 됐는데 그 정도면 앞으로 어찌 될 것 같은가? 배급이 이대로 2년, 3년, 아니, 5년 이상 안 나온다면 북한의 아사자는 수백만 명을 넘길 거라고. 북한 인구가 2,200만인 걸 감안하면 엄청난 숫자지."

정필은 북한 실정이 그 정도로 심각할 줄은 몰랐기 때문에 너무 놀라서 말이 나오지 않았다.

"앞으로 두만강이나 압록강을 넘어 중국으로 탈북하는 북한 사람이 셀 수 없을 만큼 많아질 게야."

정필은 탈북하는 북한 사람이 점점 많아지는 것과 중국 정부가 그들을 난민으로 인정하지 않는 이유가 무슨 관계가 있는지 아리송했다.

"그런데 중국 정부가 탈북자들을 난민으로 덜컥 인정한다고 쳐보세. 두만강, 압록강 인근 중국 영토 동북삼성 내에 수십 군데의 난민촌이 생겨날 것이고, 중국은 물론이고 한국을 비롯한 유엔과 전 세계에서 북한 난민들에게 어마어마한 식량과 물자들을 공급할 거야."

"그러면 좋은 거 아닙니까?"

강명도는 모르는 소리 하지 말라는 듯한 표정을 지으며 손을 내저었다.

"북한에서 넘어온 탈북자들이 난민 지위를 얻으면 중국은 그들이 원하는 곳으로 보내줘야만 하네. 그러면 탈북자들의 대부분이 대한민국 행을 선택하게 될 게야."

"그렇겠죠."

"중국이 탈북자를 난민으로 인정한다는 소문이 삽시간에 퍼진다면 누가 북한에 남아 있으려고 하겠는가. 두만강, 압록강을 지키는 국경수비대 병사들부터 총을 버리고 탈북할 걸세. 그런 식으로 대규모 탈북, 아니, 민족의 대이동 사태가 벌어질 거야. 말 그대로 엑소더스(Exodus)야."

"아……!"

"말하자면 북한 인구가 대한민국으로 대이동하는 거야. 그러면 어찌 될 것 같은가?"

정필은 뭔가 조금은 알 것 같았다.

"북한에서 굶주린 사람들이 대거 탈북하면 북한 체제가 위협받을 수도 있겠군요."

"위협이 아니라 붕괴하겠지."

정필은 특전사 때 교육을 받은 것이 있어서 아는 체를 했다.

"그런 상황이 초래될 것을 짐작하니 당연히 중국은 북한이 붕괴하는 것을 원하지 않겠죠."

"물론이지. 남북한이 통일돼서리 압록강과 두만강에 한국군과 미군이 진을 치고 있는 걸 상상해 보게. 중국 입장에서는 코앞에 적을 두게 되는 걸세."

정필은 고개를 끄떡였다.

"그렇게 되면 국경 분쟁도 일어날 겁니다. 우선 대한민국 정부는 6.25 때 중공이 참전한 대가로 김일성이 주은래에게 내준 백두산의 절반부터 회복하려고 할 겁니다."

"그뿐 아니라 따지고 보면 동북삼성, 지금 우리가 있는 이곳 연변도 원래 조선 땅이었어. 그러니까 한국이 고토 회복을 부르짖으면서 으름장을 놓으면 중국으로선 골치 아픈 거이 아니겠나?"

"그렇군요."

"어쨌든 그렇기 때문에 지금 상황에서 탈북자들이 한국에 가려면 드러나지 않은 비밀 루트로 가야만 하는 거야."

강경미가 일어나서 커피메이커에서 뜨거운 커피를 따라 강명도와 정필, 김길우 앞에 놔주었다.

"몽골 국경을 넘거나 중국 최남단 국경지대 밀림을 지나서 베트남, 라오스, 캄보디아, 심지어 미얀마까지 지나 최종적으로 태국에 들어가야 하네."

정필은 너무 궁금해서 커피를 마실 생각도 들지 않았다.

"태국에 가면 안심입니까?"

"베트남이나 라오스, 캄보디아는 아직도 엄연히 공산국가
야. 그곳에 대한민국 기업들의 진출이 활발하고 교민도 많이
살지만 공산국가이기 때문에 북한하고는 끊으려야 끊지 못하
는 협력 관계에 있지. 그래서 그들 나라에서 붙잡히면 그 역
시 북송되고 마는 기라구."

은애는 숨죽이고 얘기를 듣느라 꼼짝도 하지 않았다.

"태국만이 유일하게 북한 탈북자를 난민으로 인정하고 있
다네. 그래서 탈북자들이 태국에 불법으로 입국하여 제 발로
경찰서에 찾아가면 일정 기간 보호시설에 있다가 한국대사관
에 넘겨진다네. 그러면 거기에서 비행기를 타고 꿈에 그리던
대한민국으로 입국하는 거지."

"머나먼 여정이로군요."

"장장 일만km가 넘는 대장정이야. 여기에서 거기까지 가다
가 절반 이상이 중국 공안의 검문에 붙잡혀서 북송되고 더러
는 밀림을 통과하는 과정에서 죽음을 당하기도 하네. 그 험난
한 길을 대부분 여자인 탈북자들이 어린아이를 데리고 가는
걸세. 살길을 찾아서 말이지."

침묵이 흐른 후에 정필은 커피를 한 모금 마셨는데 은애가
깜짝 놀라서 펄쩍 뛰었다.

"앗! 뜨겁습다!"

강명도가 최종 정리를 했다.

"목사님은 이번에 한국에 가는 탈북자 여섯 명을 몽골로 보낼 계획인데 몽골 국경이 가까운 흑룡강성의 치치할(치치하얼)까지 갔다가 오실 모양이네."

"몽골은 안전합니까?"

강명도는 고개를 끄떡였다.

"몽골은 아직 난민 협정에 가입하지 않았기 때문에 태국처럼 탈북자를 난민으로 인정하진 않지만 탈북자를 발견하면 중국의 눈치를 보기는 하지만 결국 한국대사관에 연락해 주고 일정 기간이 지나면 순순히 넘겨준다네."

"그렇다면 태국보다는 몽골 루트가 수월하겠군요."

강명도는 고개를 가로저었다.

"꼭 그렇지만은 않아. 몽골이 중국과 바로 국경을 접하고 있기는 하지만 태국의 밀림보다 더 무서운 강추위와 사막이 있다네. 탈북자들은 밀림보다 몽골에서 더 많이 죽었어."

"아······!"

정필은 은애 아버지 조석근과 은철이 입원해 있는 병실로 들어갔다.

"아, 어서 오시오, 선생."

링거를 맞으면서 누워 있던 조석근과 은철이 벌떡 일어나 앉으며 반겼다.

좁은 병실이지만 강명도가 두 사람을 위해서 작고 낡지만 잘 나오는 TV를 한 대 갖다 줘서 두 사람은 그걸 보고 있는 중이었다.

연변에는 조선족 인구가 절반 이상이라서 모든 것이 중국과 조선족을 위해 병행하고 있다.

TV도 조선방송국이 있어서 한국 드라마나 한국에 대한 사정을 자세히 보도했다.

아마 강명도는 조석근과 은철에게 한국에 대해서 알려주고 싶었던 모양이다.

"좀 어떠십니까?"

"많이 좋아졌소. 이젠 숨 쉬기도 편하고 말하는 것도 어렵지 않소. 모두 선생 덕분이오."

조석근은 일어나 앉아 수줍어하고 있는 은철을 꾸짖었다.

"은철아, 어서 선생님한테 인사 올리지 않고 무얼 꾸물거리는 거이냐?"

"안녕하심까?"

은철은 쑥스럽게 꾸벅 고개를 숙이고는 순진하면서도 해맑게 웃어 보였다.

정필은 은애가 아무 말도 하지 않고 하염없이 울고 있는 것을 느꼈다.

정필은 그곳에 조금 더 있다가 은애 엄마와 은주를 찾는 일을 돕는다면서 나왔다.

늦은 오후에 정필은 백산호텔로 돌아왔다.

정필은 택시에서 내리기 전에 김길우에게 100위안을 주었으나 그는 받지 않겠다고 버텼다.

"받지 않으면 앞으로는 김길우 씨에게 도움을 청할 일이 있어도 할 수 없게 됩니다."

곤란한 표정을 짓던 김길우는 마지못해서 말했다.

"내 하루 일당이 30위안이니끼니 30위안만 받겠소."

그러면서 부득부득 70위안을 거슬러주었다. 30위안이면 한화로 3,600원 정도이다. 그게 하루 일당이고 연길에서 충분히 먹고살 수 있다니까 연길의 물가가 얼마나 싼지 짐작할 수 있었다.

김길우는 차에서 내리는 정필을 붙잡고 신신당부했다.

"만약 박종태에게서 만나자는 연락이 오더라도 나가면 앙이 되오. 특히 밤에는 절대 안 되오. 그리고 나한테 호출하기요. 할 말은 평화의원에 전해두시오. 알겠소?"

정필은 김길우의 호의가 마음에 들어 빙그레 미소 지었다.

"알겠습니다."

정필은 호텔 객실에 들어와 그대로 침대에 쓰러져 잠에 빠져들었다.

지난 이틀 동안 평화의원 병실에서 두 시간 남짓 잔 것이 전부라서 피로가 쏟아졌다.

정필 몸속의 은애도 잠들었다. 정필이 피로를 느끼면 그녀도 똑같이 피곤해서 그가 잠이 들자마자 그녀도 더할 수 없이 포근한 그의 몸속에서 곤히 잠에 빠졌다.

은애가 먼저 깼다. 정필이 잠에서 깨면 그녀도 덩달아 깨는 게 아니라 정필하고는 별개로 그녀만 깬 것이다.

그녀가 먼저 깬 이유가 있었다. 아까 정필이 화장실 욕조의 뜨거운 물에 들어갔을 때 이상한 반응을 보인 것처럼 은애는 자신의 하체, 즉 사타구니에 커다란 쇠막대기가 매달린 것 같은 부자연스러움 때문에 잠이 깬 것이다.

'정필 오라바이가 또……'

그녀는 정필의 성기가 크고 단단해졌다는 생각이 들자 얼굴이 화끈거리고 망측해서 견딜 수가 없었다.

그녀는 오늘만 해도 정필이 소변을 보는 걸 세 번이나 직접 목격했을 뿐만 아니라 그녀의 작은 손으로 잡기도 하면서 그때마다 기절하는 줄 알았다.

하지만 정필이 소변을 보는 것은 어쩔 도리가 없었다. 그리고 그녀도 남자가 소변을 볼 때 그것을 눈으로 보고 또 손으로 잡고 있어야 한다는 사실을 알고 있었다.

그렇기 때문에 정필을 탓할 수는 없는 일이고 그녀가 이해하고 또 극복해야 할 일이라고 생각했다.

그런데 지금 벌어지고 있는 상황은 은애가 이해하는 것하고는 또 다른 문제였다.

사타구니에 커다랗고 무거운 쇠막대기가 매달려 있는 것도 그렇지만, 더 큰 문제는 그녀의 기분이 야릇해지고 있다는 사실이었다.

그것은 예전에 그녀가 멋진 이성을 보고 느낀 반응이나 잠을 잘 때 이따금씩 느끼곤 하던 묘한 흥분하고는 질적으로 다른 것이었다.

은애는 도대체 그 느낌이 무얼까 한동안 곰곰이 생각에 잠겨 궁리해 보았다.

그녀는 머릿속을 비우고 지금 이 느낌이 무엇을 원하고 있는지 시키는 대로 따라가 보기로 했다.

그녀는 차츰 정필, 아니, 정필의 현재 감정 상태하고 합일되더니 이윽고 그녀 자신이 그의 감정이 돼버렸다.

가슴이 뜨거워지고 급기야 온몸이 뜨거워졌으며, 매끄럽고 굴곡 있는 어떤 부드러운 물체를 온몸으로 힘껏 부둥켜안고 몸을 비비면서 그것과 하나, 즉 일체가 되고 싶은 욕망에 사로잡혔다.

그러더니 그녀가 어디론가 빨려들기 시작했다. 그녀는 정필의 감정이고 또한 그의 성기가 된 상태이다.

그리고 성기가 된 그녀는 숲이 우거진 습하고 축축한 동굴 속으로 항거할 수 없이 빨려들다가 한순간 번쩍 정신을 차렸다.

'아아······!'

그리고 그녀는 흥분이 고조된 상태에서 마침내 깨달았다. 방금 전 정필의 성기가 되었던 그녀가 빨려들고 있던 곳이 바로 여자의 은밀한 부위라는 사실을. 또한 여자들이 가끔씩 느끼는 묘한 흥분하고는 달리 남자들은 훨씬 더 구체적이고 도전적인 상상력을 발휘한다는 사실을 깨달았다.

'망측해.'

은애는 얼굴만 아니라 온몸이 뜨겁게 달아올라서 후끈거리는 게 여간 민망하지 않았다.

마치 조금 전에 정필의 성기가 빨려들고 있던 곳이 은애 자신의 그곳인 것만 같아서 괴이쩍은 흥분을 느꼈으며, 그런 흥분을 느끼고 있다는 사실을 깨닫게 되자 스스로가 몹시 음탕하고 파렴치한 여자가 된 것 같은 생각이 들었다.

'내가 어떻게 된 거일까? 미쳤어.'

정필이 잠에서 깨어나 침대에 걸터앉아 은애를 불렀다.

"은애 씨, 나오겠습니까?"

그런데 은애가 아무 대답이 없어서 정필은 다시 한 번 그녀를 불렀다.

"은애 씨."

지금 상황으로는 은애가 언제라도 갑자기 사라져 버린다고 해도 전혀 이상한 일이 아니기 때문에 그녀가 대답이 없으면 확인을 해봐야 했다.

"은애 씨, 거기 있는 겁니까?"

"있슴다."

"휴우, 대답이 없어서 걱정했습니다."

아까 정필이 잠자면서 무의식중에 벌어진 일 때문에 잔뜩 심각해져 있는 은애는 정필의 말에 미안한 생각이 들었다. 정필은 이렇게까지 그녀를 걱정하고 있는데 자신은 쓸데없는 일을 부여잡고 잔뜩 부어 있으니 그를 볼 낯이 없다.

하기야 그건 정필의 잘못이 아니다. 25살 건장한 청년이 잠을 자는 동안 피 끓는 몸이 제멋대로 반응하는 걸 갖고 그를 원망하는 것은 은애가 속이 좁은 것이었다.

"나 이제부터 씻을 건데 나오십시오."

"네."

정필이 은애를 몸 밖으로 꺼내려고 푸시업을 하는데 은애가 급히 외쳤다.

"아닙다! 그냥 여기 있겠슴다!"

그녀는 한시라도 빨리 정필을 극복해야겠다고 다짐했다. 그러려면 정필이 목욕하는 모습도 봐야만 한다고 생각했다. 이 것은 생존 훈련이었다.

정필이 샤워를 끝내고 수건으로 몸을 닦고 있는데 밖에서 전화벨 소리가 들렸다.

그는 수건을 목에 걸고 밖으로 나가 수화기를 집어 들었다.

―박종태올시다.

"무슨 일입니까?"

정필은 정중하게 대꾸했다. 예의를 갖추는 것이나 정중함, 공손함은 돈이 들지 않는 일이니 남발해도 상관이 없다는 게 그의 생각이다.

―그 여자들 있는 데를 알았소. 만납시다.

"호텔로 오십시오."

―아니, 선생이 나오시오. 난 지금 그 여자들이 있는 곳 근처에 있소. 내가 여길 떠났다가 그 여자들이 다른 곳으로 가 버리면 곤란하지 않겠소?

정필은 박종태의 말이 거짓말이라는 것을 즉시 알아차렸

다. 은애 엄마와 은주를 이렇게 빨리 찾았을 리가 없다. 놈들은 어떻게 해서든지 정필을 유인해서 돈을 강탈하려는 게 분명했다.

ㅡ나오겠소? 아니 나오겠다면 그만두고.

박종태가 세게 나왔다. 정필이 안 나가겠다고 하면 박종태가 굽히고 나올 게 분명하했다.

하지만 박종태를 시험하기 위해서라면 구태여 그럴 필요가 없었다. 놈을 작살내려면 호텔보다는 놈들이 좋아하는 으슥한 장소가 더 좋을 것이다.

"가겠습니다. 어디로 가면 됩니까?"

ㅡ택시를 타고 공화촌(工化村)의 을밀대라는 술집으로 가자고 하시오.

"공화촌 을밀대."

ㅡ김길우는 데리고 오지 마시오. 돈을 셋이 나누기 싫소.

"알겠습니다."

ㅡ오면 여자들을 바로 볼 수 있을 테니까 주기로 한 만 달러는 갖고 오시오.

오늘 낮에 의뢰를 했는데 밤에 만 달러를 그냥 삼키겠다는 뜻이다. 날강도가 따로 없었다.

"여자들을 볼 수 있다면 그러겠습니다."

끼익!

밤 8시. 택시는 정필을 정확하게 공화촌 을밀대라는 술집 앞에 내려주었다.

정필은 낮에 입은 그대로 검은색 가죽점퍼에 청바지, 나이키 운동화를 신은 모습으로 골목 건너편의 술집 을밀대로 향했다.

을밀대는 이 층 전체를 사용하는 식당 같은데 이 층에서 쿵쾅거리는 음악 소리와 여자의 구슬픈 노랫소리가 밖에까지 흘러나왔다.

그런데 정필이 입구까지 이르렀을 때 안에서 박종태가 낮에 본 모습 그대로 걸어 나왔다.

아마 안에서 창을 통해서 밖을 내다보고 있다가 정필을 발견하고 나온 모양이다.

"들어올 필요 없수다."

부릉!

그때 골목 안쪽에 멈춰 서 있던 승용차 한 대가 시동을 걸더니 천천히 정필과 박종태에게 다가왔다.

승용차 앞 라디에이터 그릴에 은색의 동그란 원 네 개가 가로로 나란히 서로 얽혀 있다.

차에 관심이 많은 정필은 그게 독일제 아우디 A4 1.8T 1996년 신형이라는 사실을 알아보았다.

대체 이 작자들은 무슨 짓을 해서 돈을 벌기에 중국에서도 변방인 연길에서 독일제 아우디 같은 고급 승용차를 끈다는 말인가.

정필은 어쩌면 이놈들이 탈북한 북한 여자들을 인신매매할지도 모른다는 직감이 들었다.

이놈들이 탈북 브로커 노릇을 하고 또 이런 고급 차를 끌고 다닌다면 인신매매를 했을 가능성이 크다. 상식적으로 생각해도 브로커보다는 인신매매가 더 큰 돈을 벌 것이다. 그러지 않으면 돈이 어디에서 생기겠는가.

아우디가 미끄러지듯이 다가와 두 사람 앞에 멈추자 박종태가 뒷문을 열어주었다.

"타시오."

"어디 갑니까?"

"여자들이 있는 곳으로 가오."

정필은 박종태가 재빨리 주위를 살피는 것을 보았다.

'이놈들, 속전속결이로군.'

탁!

정필이 뒷자리 왼쪽에 타고 박종태가 옆에 타자마자 아우디가 출발했다.

"멀리 가는 겁니까?"

아무 말을 하지 않아도 상관이 없지만 그러면 이놈들이 긴

장할까 봐 정필은 되는대로 이것저것 물었다. 이들이 자신을
가벼운 사람으로 봐주길 원하는 것이다.

"그 여자들을 만나서 일이 잘되면 그 여자들과 같이 선생
을 호텔까지 데려다줄 거이니까 걱정 마우다."

잠시 후에 아우디는 시내를 벗어나 남쪽으로 뻗은 2차선
도로를 시속 80㎞로 질주했다.

운전을 하는 권승갑은 룸미러로 슬쩍 정필을 살피는데 가
늘게 찢어진 눈이 묘하게 웃고 있는 것을 정필은 발견했다. 그
것은 분명히 먹잇감을 다루려는 맹수의 그것과 닮아 있었다.

정필은 권승갑보다는 박종태에게 온 신경을 집중했다. 정필
은 태연하게 정면을 보는 것 같지만 박종태의 일거수일투족을
감시하고 있었다.

그런데 그때 정필은 박종태가 오른손을 품속으로 집어넣는
것을 발견했다.

정필은 직감적으로 놈이 칼을 꺼내는 것이라고 판단했다.

슉—

정필은 어떻게 할 것인지 생각하는 것보다 행동이 앞섰다.
지체 없이 정필의 오른손 주먹이 박종태를 향해 아래에서 위
로 올려쳤다.

딱!

"큭!"

주먹이 왼쪽 턱을 올려치자 박종태의 고개가 뒤로 덜컥 젖혀지는 순간 정필이 오른손을 칼처럼 세워서 다시 한 번 그의 목을 강하게 끊어 쳤다.

팍!

"캑!"

박종태는 눈을 허옇게 뜨고 오른쪽으로 쓰러져 머리를 문에 쿵 부딪치며 처박혔다.

태권도 공인 4단, 특전무술과 격파로 단련된 정필의 주먹은 맨손으로 벽돌을 두부처럼 뭉개는 위력이 있었다.

방금 그 두 방으로 박종태의 턱과 목을 으스러뜨려서 기절시키기에 충분했다.

"뭐, 뭐야?"

운전을 하던 권승갑은 뒷자리에서 둔탁한 소리가 나고 또 박종태가 갑자기 옆으로 쓰러지자 룸미러를 보면서 급브레이크를 밟았다.

끼아아악!

아우디가 비명을 지르면서 미끄러질 때 정필은 재빨리 옆으로 쓰러진 박종태의 품속을 뒤졌다.

박종태는 오른손을 품속에 넣은 상태에서 정필에게 당했는데, 역시 예상한 대로 손에는 한 자루 푸르스름한 칼이 쥐어져 있었다.

정필은 그 칼을 잡고 권승갑의 목을 찌르듯이 겨누고 조용히 말했다.

"차 세워."

"으으, 무슨 개수작이야?"

정필은 겁만 주는 게 아니라 실제 칼로 권승갑의 목을 약간 찔렀다.

"으아악! 나, 날 죽일 셈이냐?"

권승갑은 호들갑을 떨면서 펄쩍 뛰더니 벌벌 떨면서 도로가에 아우디를 세웠다.

정필은 여전히 칼로 목을 찌른 상태에서 냉랭한 목소리로 권승갑에게 명령했다.

"기어 파킹에 놓고 키 꽂은 채로 차에서 내려."

권승갑은 얼어붙은 듯 덜덜 떨면서 가만히 앉아 있다.

슥—

정필은 입을 굳게 다문 채 칼끝을 조금 더 권승갑의 목으로 밀어 넣었다.

"으악!"

권승갑은 죽는다고 찢어지는 비명을 지르면서 펄쩍 뛰는데 정필이 왼손으로 그의 이마를 잡아 짓누르듯이 앞으로 끌어당겨서 움직이지 못하도록 했다.

정필은 이렇게 다른 사람 목에 진짜로 칼을 찌르는 것이 처음이지만, 이런 식의 훈련을 수없이 했기 때문에 눈 하나 까딱하지 않고 담담하게 해낼 수 있었다.

"으으으……."

끼리릭!

권승갑은 보기보다는 겁이 많았다. 그는 덜덜 떨면서 시키는 대로 하고 차에서 내렸다.

철컥!

그런데 정필이 차에서 내리려는데 조금 먼저 내린 권승갑이 정필이 내리는 틈을 타서 비명을 지르면서 냅다 도망치기 시작했다.

"으아아―!"

권승갑이 연신 뒤돌아보면서 잔뜩 겁에 질린 얼굴로 도망치는 모습이 아우디의 헤드라이트 불빛에 비춰 생생하게 보였다.

정필은 그를 뒤쫓으려다가 멈칫했다. 도로 한복판을 달려가고 있는 권승갑 앞쪽에서 차 한 대가 헤드라이트를 비추면서 질주해 오고 있는 것을 발견했기 때문이다.

뿌아아앙!

질주하는 차가 달려오는 권승갑을 발견하고 길게 클랙슨을 울렸지만 이미 늦었다.

퍽!

둔탁한 소리와 함께 권승갑은 비명도 지르지 못하고 차에 치어 밤하늘로 둥실 높이 떠올랐다.

정필이 쳐다보는 가운데 권승갑은 아우디를 훨씬 지나쳐 20m 밖 도로에 곤두박질쳤고, 거대한 화물 트럭 한 대가 정필을 지나쳐 그대로 권승갑을 깔아뭉개면서 급브레이크를 밟았다.

끄가가아악!

정필은 권승갑을 깔아뭉갠 화물 트럭이 급브레이크를 밟아 수십 미터나 밀려나는 것을 보고 급히 아우디에 올라타 급출발을 했다.

부아앙!

정필은 지금까지 25년을 살아오면서 사람을 죽여본 적이 한 번도 없었다.

조금 전 권승갑은 화물 트럭에 부딪치고 깔려서 즉사했지만 원인 제공은 정필이 했다.

다시 말해서 정필이 아니었으면 권승갑은 죽지 않았을 것이라는 얘기다. 그러니 정필이 그를 죽인 것이나 마찬가지였다. 그것은 간접 살인이다.

'상관없다.'

정필은 운전을 하면서 자신을 위로했다.

은애는 아까 을밀대 앞에서부터 줄곧 침묵을 지키고 있는 중이다. 자기가 떠들면 정필을 방해할까 봐 그러는 모양인데 잘 생각한 것이다.

"정필 오라바이."

그때 은애가 착 가라앉은 목소리로 불렀다. 목소리만으로도 그녀가 몹시 긴장하고 있는 것을 느낄 수가 있었다.

"그 칼……."

정필은 박종태에게 뺏어서 권승갑의 목을 찌른 칼을 조수석에 놔두었다.

"그거이 아버지가 주신 집안의 가보임다."

정필은 깜짝 놀라서 조수석을 쳐다보았다. 거기에는 끝에 피가 묻은 25cm 길이의 단검이 푸르스름한 광채를 흩뿌리고 있었다.

"오라바이, 박종태 저자를 저렇게 놔둬도 되겠슴까?"

바들바들 떨리는 목소리로 말하는 은애의 말이 옳았다. 정필은 아우디를 어두운 길가 풀밭에 세우고 뒷자리로 가서 박종태를 살펴보았다.

박종태는 아직도 입을 헤 벌리고 침을 흘리면서 기절한 상태였다.

정필은 그를 똑바로 일으켜 세워 앉힌 다음 위아래 주머니를 뒤졌다.

파카 안주머니에서 지갑이 나오고 놀랍게도 바지 주머니에서는 권총 한 자루가 나왔다.

"에구머니, 그거이 무시김메?"

권총을 본 은애는 자지러지는 비명을 질렀다. 그녀는 놀라면 함북 사투리가 더 심해지는 경향이 있었다.

정필이 오른손에 쥐어보니 차갑고 묵직한 중량감이 느껴지는 게 진짜 권총이었다.

그는 권총에 꽤 해박한 지식을 갖고 있지만 어두워서인지 구별이 어려웠다. 하지만 한국산이나 중국제, 미국제가 아닌 것만은 분명했다.

정필은 일단 권총을 가죽점퍼 안주머니에 넣고 아우디 트렁크를 열어보았다. 여러 종류의 연장과 밧줄, 헝겊 접착테이프 같은 것들이 눈에 들어왔다.

박종태가 차 트렁크에 이런 것들을 싣고 다니는 것만 봐도 어떤 짓을 하고 돌아다닐지 대충 짐작이 갔다. 인신매매나 그와 비슷한 악행을 저지르고 다니는 게 분명하다.

정필은 박종태를 뒷자리에서 끌고 나와 옷을 홀딱 발가벗겨서 풀밭에 내던졌다.

"옴마야!"

기절한 박종태가 성기를 덜렁거리면서 널브러지자 은애가 비명을 질렀다. 정필은 아마 그녀가 눈을 감을 것이라고 생각했다.

정필은 트렁크에서 꺼낸 밧줄로 박종태의 두 손을 뒤로 돌려서 묶고 두 발도 모아 묶은 후 입에는 접착테이프를 붙였다.

정필은 옷을 입고 있을 때보다 살이 피둥피둥하고 맷집이 좋아 보이는 박종태를 트렁크에 거칠게 처넣고는 다시 아우디를 몰고 출발했다.

"정필 오라바이, 어쩔 생각임까?"

"죽일 겁니다."

은애가 떨리는 목소리로 묻자 정필은 가라앉은 목소리로 간단하게 대답했다.

"······."

"은애 씨에게 한 것과 똑같이 목을 졸라 죽여서 두만강에 버릴 겁니다."

"오라바이······."

은애의 목소리가 촉촉해지고 몸을 바르르 떠는 게 느껴졌다. 그녀는 정필이 박종태를 죽일 거라는 말이 무서우면서도 뭐라고 설명할 수 없는 고마움을 느꼈다. 정필은 그녀의 복수를 해주려는 것이다.

정필은 분노에 차서 낮게 으르렁거렸다.

"이런 악마 같은 새끼는 마땅히 죽어야 합니다. 살려두면

제2, 제3의 은애 씨가 또 나올 겁니다!"

"오라바이……."

자정을 넘긴 다음 날 1시 25분쯤에 정필이 운전하는 아우디는 무산 맞은편 중국 쪽 언덕 위에 잠시 멈췄다가 비포장 길을 따라 강 쪽으로 50m쯤 더 내려가서 멈췄다.

여기 은밀한 곳에 아우디를 주차해 놓으면 도로에서는 보이지 않을 것이다.

굉장히 길게만 여겨졌는데 지금 생각해 보니 정필이 이곳에 처음 온 것이 이틀 전 저녁 무렵이고, 은애와 함께 은애 아버지 조석근과 은철이를 구해서 이곳을 출발한 것이 밤 10시 40분이었으니까 정확하게 말하면 정필은 이곳을 떠난 지 하루하고 반나절 만에 다시 찾아온 것이다.

그는 어지럽고 복잡한 심정으로 두만강 너머 무산읍을 묵묵히 바라보면서 마음을 정리했다.

이제 곧 사람을 죽여야 한다고 생각하니 마음이 무거워진 것이다. 그렇지만 그는 독하게 마음을 다잡았다.

'저놈은 악마 새끼일 뿐이다!'

밤하늘에는 이틀 전 반달보다 조금 더 커진 달이 휘영청 떠 있다. 정필은 오늘 밤 달빛이 꽤 무심하다고 느꼈다.

무산읍은 이틀 전과 다름없이 괴괴한 어둠에 잠겨 있었다.

덜컥!

정필이 트렁크를 열자 깨어나 있던 박종태가 온몸을 꿈틀거리면서 짐승 같은 소리를 냈다.

"우우우……."

정필은 박종태를 트렁크에서 꺼내 땅에 내려놓고 입을 봉해놓은 테이프를 떼어주었다.

"너 이 새끼! 무슨 짓을 하는 거야? 죽으려고……."

퍽!

"끅!"

눈을 부라리면서 소리를 지르던 박종태는 정필이 오른발을 들어 발끝으로 가슴을 찍듯이 걷어차자 눈을 허옇게 까고 숨을 쉬지 못해 몸을 바르르 떨며 껵꺽거렸다.

"지금부터 내가 묻는 말에만 대답해라."

정필은 옆으로 쓰러져서 부들부들 떨고 있는 박종태를 굽어보며 차갑게 말했다.

"김금화 씨하고 조은주가 어디에 있는지 알고 있나?"

"끄으으… 모른다."

역시 정필이 예상한 대로 박종태는 그녀들에 대해서 모르고 있는 것 같았다.

오로지 만 달러가 탐나서 정필을 유인한 것이다. 그래도 한

번 더 확인할 필요가 있었다.

퍽!

"크헉!"

정필이 방금 걷어찬 가슴팍을 한 번 더 정확하게 차자 박종태는 죽을 것처럼 온몸을 부들부들 떨었다.

"김금화 씨하고 조은주가 있는 곳을 말하면 풀어주겠다."

"끄으으, 모르는 걸 어케… 말하라고……."

이 정도면 모르는 게 분명했다.

박종태가 조은애에게서 단지 칼을 뺏으려고 그녀를 죽인 걸 보면 그가 그 전에도 살인을 대수롭지 않게 저질렀을 것이라는 추측을 가능하게 했다.

만약 아까 정필이 기미를 알아차리고 먼저 공격해서 박종태를 제압하지 않았더라면 그가 정필을 죽였을 것이다. 그는 만 달러를 뺏기 위해서라면 충분히 그러고도 남을 놈이었다.

정필은 박종태를 죽이려고 결심했지만 그러기 전에 알아낼 수 있는 것들을 캐낼 생각이다.

"너 인신매매하지?"

"아, 아니다……."

이미 뜨거운 맛을 본 박종태는 옆으로 쓰러진 자세에서 고개를 마구 저었다.

하지만 정필은 그의 얼굴에 당황하는 기색이 떠올랐다가

사라지는 것을 놓치지 않았다.

"너희 일당이 몇 명이냐?"

정필은 어쩌면 박종태가 탈북자들을 은밀한 곳에 감금해 두고 있을지도 모른다는 생각이 들었다.

"두, 두 명이다. 내 친구는 어디 있나?"

퍽!

"으헉!"

박종태가 묻는 것 외의 말을 했기 때문에 정필의 발길질이 여지없이 그의 옆구리를 찍었다.

비록 짧은 시간이지만 제대로 길을 들여놓지 않으면 원하는 대답을 듣기 어려울 것이라고 정필은 판단했다.

정필은 이런 일이 처음이지만 특전사 생활 4년은 그를 굉장한 무기로 만들어놓았다.

그는 온몸이 무기일 뿐만 아니라 때에 따라서는 비정하고 냉철한 심장과 두뇌가 기지를 발휘했다.

박종태의 입에서 침이 질질 흐르고 얼굴은 두려움으로 물들었다. 그는 자신이 방금 전에 어째서 한 대 더 맞았는지 깨달았다.

"너, 탈북한 사람들, 아니, 여자들 데리고 있지?"

"……."

박종태는 입을 다물고 있다가 정필이 한 대 차려고 슬쩍 오른발을 뒤로 빼자 다급하게 대답했다.

"데, 데리고 있다!"

"모두 몇 명이냐?"

"이, 일곱 명이다."

"남자가 몇이고 여자가 몇이냐?"

"여자뿐이다."

하긴, 중국 깡촌의 나이 먹은 사내들에게 팔아먹으려면 여자만 필요할 것이다.

"네놈이 지금껏 팔아먹은 여자들에 대해서 다 불어봐라."

정필은 탈북한 여자들이 어떤 혹독한 고생을 하는지에 대해서 김길우에게 들었기 때문에 될 수 있으면 그녀들의 소재를 파악해서 강명도나 베드로의 집 장중환 목사에게 알려줄 생각이다. 그러면 그들이 어떻게든 조치를 취할 것이다.

박종태는 거기에 대해서는 죽어도 실토하지 않을 것처럼 버티다가 정필의 발길질 두 대를 복부와 옆구리에 맞고는 술술 다 토해냈다.

정필은 아우디 조수석의 대시보드에서 필기할 펜과 종이를 찾으려다가 큼직한 수첩 하나를 발견했다.

펼쳐보니 여자들의 이름과 나이, 날짜, 지명, 중국 이름이 상세하게 기록되어 있어서 그걸 박종태 코앞에 들이밀고 다그쳤다.

"이게 네놈이 팔아넘긴 여자들 명단이냐?"

"그, 그렇다."

"여기 중국 이름은 여자들을 산 중국 놈들이냐?"

"음, 그렇다."

원하는 것을 손에 넣은 정필은 더 이상 박종태에게 캐낼 것이 없다고 생각했다.

"너 조은애 알고 있지?"

"……."

정필은 눈에서 살기를 뿜으면서 두만강을 가리켰다.

"너한테 칼을 팔아달라고 부탁했다가 저 아래에서 너한테 목이 졸려 죽은 무산에 사는 조은애 말이다."

"그, 그걸 어떻게……."

박종태의 얼굴이 누렇게 떴다.

"조은애가 나한테 부탁했다."

"뭐, 뭘……."

"널 죽여달라고."

"제발 살려… 끄윽!"

정필은 박종태를 똑바로 눕히고 그의 배에 올라앉아 두 손으로 목을 조르기 시작했다.

무방비 상태에 놓여 있는 사람을 목 졸라서 죽이는 것은 어렵지 않은 일이다.

하지만 정필은 자신의 손으로 직접 생애 최초의 살인을 한다는 소름 끼치는 생각 때문에 비지땀을 뻘뻘 흘렸다.

은애는 아무 말도 하지 않고 있지만 정필은 그녀의 마음을 충분히 이해하고도 남았다. 그녀는 정필의 눈을 통해서 박종태가 목이 졸려서 고통에 몸부림치는 모습을 똑똑히 보고 있을 것이다.

"끄으으… 끅… 끅……."

두 손과 발이 다 묶인 박종태는 추호도 반항하지 못한 상태로 눈에서 동공이 사라지고 크게 벌린 입에서 혀가 길게 늘어져 나왔다.

지금 정필의 얼굴은 보기 싫게 잔뜩 일그러져 있었다. 최초의 살인에 대한 두려움과 박종태에 대한 분노가 한데 뒤섞여서 만들어낸 표정이다.

"너 하나를 죽이면 장차 네 손에 팔려 갈 몇백 명의 탈북 여자를 수렁에서 구할 수 있을 거다!"

박종태의 몸이 축 늘어졌지만 정필은 잠시 더 목을 조르고 있다가 이윽고 손을 뗐다.

이어서 박종태의 목에 손가락을 대고 맥이 뛰는지 확인하고 심장 박동도 확인했지만 죽은 게 분명했다.

"후우우."

그가 일어나서 긴 한숨을 토하자 잠자코 있던 은애가 떨리는 목소리로 말했다.

"오라바이."

"은애 씨 복수를 했습니다. 아무쪼록 은애 씨의 마음이 편해졌으면 좋겠습니다."

"오라바이… 저는……."

은애가 울먹였다.

"제가 죽지 않았으면 평생 종이 돼서리 오라바이를 모셔도 은혜를 다 못 갚을 거임다."

"그런 말 마십시오."

"앞으로 제가 언제까지 혼령으로 남아서 오라바이 곁에 있을지는 모르겠지만… 있는 날까지 오라바이를 주인님처럼 받들어 모시겠슴다."

은애의 마음을 알고도 남는 정필은 빙그레 미소 지으며 위로했다.

"은애 씨가 함께 있는 것만으로도 나는 만족합니다."

"정말임까?"

"정말입니다."

"고맙슴다, 오라바이."

정필은 박종태를 어깨에 들쳐 메고 두만강 강가로 내려갔다. 박종태는 퉁퉁하게 살찐 체구인데도 정필은 그를 가뿐하게 다뤘다.

그가 도착한 두만강은 매우 깊은 곳이고 물살의 흐름도 제법 빨랐다.

그는 축 늘어진 박종태의 손목과 발목의 끈을 풀고 그를 번쩍 들어 올렸다가 강에 던졌다.

첨벙!

큰 물보라가 일어나더니 희뿌연 박종태의 몸뚱이는 오르락내리락하면서 아래로 흘러내려 갔다.

박종태가 어둠에 묻혀 시야에서 사라지는 것을 보면서 정필은 혹시 복수를 했으니 은애가 사라질지도 모른다는 생각이 들었다.

은애하고는 이제 불과 이틀, 아니, 하루 반나절 동안 같이 지냈지만 흡사 몇 년 동안 동고동락한 것처럼 정이 흠뻑 들었기에 그녀가 사라질 수도 있다는 생각을 하자 왠지 서글퍼졌다.

정필은 천천히 언덕을 걸어 올라서 아우디로 돌아왔다. 은애가 아직 몸속에 있는지 확인해 보고 싶지만 사라졌을 경우의 허탈감 때문에 잠자코 있었다.

그는 아우디에 타기 전 강 아래쪽을 향해 서서 청바지 지퍼를 내렸다. 먼 길을 가야 하기 때문에 미리 소변을 보려는 것이다.

쏴아아!

세찬 오줌 줄기가 하얗게 반짝거리면서 뻗어 나갔다가 소나기처럼 낙하했다.

"우야, 정필 오라바이 오줌이 대포 같습다."

은애는 사라지지 않았다. 그녀는 특유의 사투리로 자신의 존재감을 과시했다.

아까 같았으면 정필이 소변을 볼 때 은애는 조용히 침묵을 지키면서 부끄러움과 혼자만의 싸움을 벌였겠지만, 지금은 박종태를 죽인 후의 어색한 침묵이 이어지고 있는 터라서 이렇게라도 정필에게 말을 건네고 싶었다.

부웅—

아우디는 연길을 향해 시속 100㎞의 속도로 질주했다.

아까 권승갑이 화물 트럭에 받히고 치여서 죽은 곳에는 중국 공안 차가 서 있고, 그 옆에는 화물 트럭과 몇 명의 경찰, 트럭 운전수로 보이는 사내가 서 있었다.

그렇지만 권승갑의 모습은 보이지 않았다. 아마 구급차가 실어 간 모양이다.

정필은 경찰의 수신호에 따라 속도를 조절했다.

그런데 경찰이 정지하라는 신호를 보내는 것을 보고 정필은 가슴이 철렁 내려앉았다.

그렇지만 워낙 담대한 성격의 정필이라 즉시 안정을 되찾고 경찰 옆에 아우디를 정지시키고 창문을 내렸다.

경찰이 플래시로 정필의 얼굴과 조수석, 뒷자리를 비추더니 뭐라고 말하는데 한마디도 알아듣지 못해 정필이 짧은 영어로 말했다.

"I am Korean."

경찰은 뜻밖이라는 표정을 짓더니 손으로 사각을 그려 보이면서 말했다.

"패스포드."

정필이 여권을 내밀자 경찰은 여권에 플래시를 비추고 자세히 들여다보고는 다시 돌려주며 가라는 신호를 했다.

부우웅—

아우디를 출발시킨 정필은 경찰이 여권을 들여다봤을 뿐 뭔가를 기록하거나 무전으로 확인하지 않은 것을 다행으로 여겼다. 뭐든 기록을 남기는 것은 좋지 않았다.

권승갑은 도망치다가 교통사고로 죽고 박종태의 시체는 두만강을 따라 떠내려갔으므로 이것은 거의 완벽한 살인이라고 할 수 있다.

"정필 오라바이, 별일 없갔지요?"

은애가 조마조마한 목소리로 물었다.

"그럴 겁니다."

정필은 자신 있게 대답했다.

정필이 연길시에 돌아온 시간은 다음 날 새벽 6시 35분이었다. 무지하게 속도를 냈기 때문에 빨리 도착했다.

그는 대담하게 연길 시내로 아우디를 몰고 들어와 시내 한복판을 관통해서 흐르는 부르하통강 강변 무료 주차장으로 내려갔다.

트럭들이 드문드문 서 있는 주차장 으슥한 곳에 아우디를 세우고 헝겊으로 아우디의 핸들과 기어, 뒷문, 트렁크 등 그의 지문이 남았을 만한 곳들을 정성껏 문질러서 없앤 후 차 키를 뽑아서 강둑 위의 도로로 올라왔다.

새벽의 연길시는 어둠과 자욱한 안개에 잠겨 있었고, 도로에는 이따금씩 차들이 다닐 뿐 사람은 보이지 않았다.

정필은 생각을 정리하려고 잠시 걷기로 했다.

칵!

담배를 물고 라이터 불을 붙이고는 도로를 건너서 무작정 걸었다.

"캑캑! 콜록!"

그때 은애가 갑자기 심하게 기침을 해댔다.

정필이 담배 연기 때문에 은애가 괴로워하는 것이라고 짐작하여 담배를 끄려는데 그녀가 급히 만류했다.

"정필 오라바이, 나는 일없슴다. 담배 끄지 말기요."

정필이 담배를 끄려던 동작을 멈추자 은애가 한마디 덧붙였다.

"나는 집에서 아버지가 가끔 담배를 피울 때 담배 연기 맡는 걸 좋아했슴다."

"네."

정필은 은애의 말을 그대로 믿고 다시 담배를 피우면서 걸음을 옮겼다.

사실 은애는 담배 연기를 지독하게 싫어했다. 그러나 정필이 어수선한 마음을 달래려고 담배를 피우는 것을 만류하고 싶지는 않았다. 그가 하는 거라면 무엇이든 다 용납하고 이해하고 싶었다.

언제부턴가 눈이 내리고 있었는데 깊은 생각에 잠겨서 걷고 있던 정필은 까맣게 모르고 있었다.

아직 동은 트지 않았고 시계를 보니 7시가 넘었다. 꽤 오랫동안 걸었다.

티셔츠에 가죽점퍼 하나만 입은 정필은 문득 선뜻한 추위를 느끼고 두 손을 비비면서 주위를 둘러보았다. 택시라도 눈에 띄면 잡아서 호텔로 돌아가려는 생각이다.

그런데 문득 낯익은 골목이 보였다. 도로 건너 왼쪽의 빌딩

일 층에 중국은행이 있고 그 옆에 공상은행도 보였다. 어제 김길우하고 박종태, 권승갑을 만나러 저 골목으로 들어갔던 기억이 났다.

정필은 문득 심한 허기를 느끼고 도로를 건넜다. 골목 안에 있는 홍남국밥집이 문을 열었다면 시원한 국밥 한 그릇 먹고 가려는 생각인데 이렇게 이른 시간에 문을 열었을지 모르겠다.

골목으로 들어가서 왼쪽으로 꺾어졌는데 뜻밖에도 홍남국밥집에 불이 켜져 있는 게 보였다.

문을 열고 들어가자 팔팔 끓고 있는 솥에 양념을 하고 있던 영실 아줌마가 정필을 발견하고 깜짝 놀랐다.

"아니, 이거이 누굼까? 잘생긴 총각 아임까?"

"국밥 됩니까?"

영실 아줌마는 놀랍고 또 반가워서 활활 타오르는 난로 옆의 의자를 직접 빼주었다.

"여기 앉기요. 금방 말아오겠슴다."

정필은 국밥을 만들고 있는 영실 아줌마를 바라보며 마치 친근한 이모 같다는 생각이 들었다.

"일찍 문을 여셨군요?"

"아침 7시에 열고 밤 10시면 닫슴다. 근데 총각은 여기 사람 아닌갑소. 말투가 다르오."

"그렇습니다. 한국에서 왔습니다."

"와아! 나는 한국 사람 처음 보우다."

영실 아줌마는 감탄을 터뜨리면서 국밥을 가져와 정필 앞에 내려놓았다.

일하는 아줌마는 아직 나오지 않았는지 혼자서 식당 일을 바삐 하는 영실 아줌마는 국밥을 먹는 정필에게 이것저것 물어보았고, 정필은 성의껏 대답해 주었다.

"아아, 이 국밥이란 거이 참말로 맛있슴다."

잠자코 있던 은애가 국밥의 기막힌 맛에 입을 열었다.

영실 아줌마는 할 일을 대충 끝내고 정필 맞은편에 앉아서 그가 먹는 것을 흐뭇한 표정으로 바라보았다.

"차암 잘 먹슴다. 총각 몇 살임까?"

정필은 영실 아줌마가 은애하고 같은 사투리를 쓰서 더욱 정감이 갔다.

"스물다섯입니다."

"하이고, 한참 좋을 때네! 근데 연길엔 뭐 하러 왔슴까?"

"관광하러 왔습니다."

"한국은 엄청 잘사는 나라라고 하니까 젊은 총각이 관광도 다니고 하는갑소."

정필은 가까이에서 본 영실 아줌마가 처음에 얼핏 봤을 때보다 훨씬 더 젊어 보인다는 사실을 깨달았다.

정필은 국밥을 먹고 주로 영실 아줌마가 이것저것 물으면서 말을 많이 했다.

그 와중에 정필은 그녀의 나이가 38세이고, 아파트에서 혼자 살고 있으며, 방 한 칸을 월세로 내놓았는데 나가지 않고 있다는 사실 등을 알게 됐다.

"내는 손영실임다. 총각 이름은 뭐임까?"

"최정필임다."

"옴마야! 아하하하하!"

정필이 함북 사투리 흉내를 내자 손영실이 박수를 치면서 뒤로 자빠질 것처럼 깔깔거리며 웃어댔다. 상체를 흔들면서 웃는데 풍만한 젖가슴이 마구 흔들렸다.

정필은 쌀쌀한 날씨에 뜨끈한 국밥을 배불리 먹고 또 손영실과의 즐거운 대화 덕분에 박종태, 권승갑을 죽였다는 중압감에서 다소나마 벗어날 수 있었다.

정필이 택시를 타고 백산호텔 입구에 내리자 부옇게 동이 트고 있었다.

그는 객실로 올라가서 푸시업을 세 번 하여 은애를 몸에서 빼낸 후 혼자 욕실로 들어가 욕조에 뜨거운 물을 가득 받고 그 속에 몸을 담갔다.

평소 같으면 정필이 은애에게 몇 마디 말을 하고 욕실에 들어갔겠지만, 지금은 마음이 어수선해서 그럴 경황이 없었다.

은애는 우두커니 서서 욕실을 바라보았다. 그녀는 아까 두만강을 출발한 이후 정필이 거의 말이 없고 우울한 이유가 무엇인지 알고 있었다.

그녀가 생각하기에 정필은 생전 처음으로 사람을 죽였을 것이다. 그는 자신과는 아무런 이해관계도 없는 박종태를 순전히 은애의 복수를 해주려고 직접 두 손으로 목을 조여서 죽였다.

사람이 일평생을 살면서 살인을 할 가능성은 거의 없을 것이다. 그런데 정필은 은애 때문에 살인자가 됐다. 그리고 정필은 앞으로 살인자라는 무거운 멍에를 평생 지고 살면서 괴로워할 것이다.

정필 덕분에 은애는 복수를 했지만 정필의 속마음은 괴로울 것이 분명했다.

그래서 정필은 은애를 몸 밖으로 내놓고 아무 말도 없이 혼자서 욕실에 들어가 답답한 마음을 달래고 있을 것이다.

은애는 남조선에 사는 정필을 여기까지 불러서 이것저것 온갖 일을 다 시키고 복수까지 했지만 정작 그녀는 정필을 위해서 해준 것이 하나도 없었다.

그런 생각을 하자 정필에게 정말 미안하고 은애 자신이 너무 염치가 없는 것 같았다.

척!

그때 정필이 욕실에서 나오는 것을 보고 은애는 그대로 그에게 달려가 안겼다.

"정필 오라바이!"

정필은 움찔 놀랐다.

"무슨 일입니까, 은애 씨?"

은애는 두 팔로 정필의 허리를 꼭 안고 뺨을 가슴에 묻고서 울음을 터뜨렸다.

"오라바이에게 너무 미안함다. 오라바이는 저를 위해서 아버지와 은철이를 구해주고 또 복수를 해주느라 사람까지 죽였는데 저는 아무것도 해줄 거이 없어서리……."

정필은 은애의 등을 쓰다듬으면서 오히려 위로했다.

"그런·말 하지 말아요, 은애 씨. 나는 괜찮습니다."

그때 은애는 이상한 걸 느꼈다. 뭔가 단단한 것이 그녀의 아랫배를 쿡쿡 찌르고 있는 것이다.

"이거이 뭐임까?"

그녀는 두 팔로 정필의 허리를 안은 채 아래를 내려다보았다. 그러고는 정필의 그것이 단단해져서 그녀의 아랫배를 지그시 찌르고 있는 것을 발견했다.

탁탁탁!

"꺄악! 오라바이 짐승임까?"

은애는 혼비백산해서 주먹으로 정필의 가슴을 마구 때리고
는 두 손으로 얼굴을 가리고 침대로 도망쳤다.

방금 전에 정필에 대해서 한없이 미안하고 죄스럽게 여기던
마음이 깡그리 사라져 버렸다.

정필은 다시 움직이려면 눈을 좀 붙여야겠다고 생각하고
침대에 누워 잠을 청했다.

혹시 몰라서 손목시계의 알람을 낮 12시로 맞춰놓았다. 그
시간에 일어나 평화의원으로 갈 생각이다.

은애 아버지 조석근 씨와 은철이 거기에 있으니 두 사람의
경과를 확인해 봐야 하는 것도 있지만, 박종태에게서 입수한
인신매매 일지에 대해서 강명도에게 의논하고 싶었다.

강명도가 인신매매 일지를 어디에서 구했느냐고 물으면 대
충 둘러댈 생각이다.

정필이 자는 동안 은애는 할 일이 없기 때문에 그녀도 침대
에 올라와서 옆에 누웠다.

12시 정각 알람 소리에 정필이 깼을 때 은애는 옆으로 누워
서 그를 말끄러미 바라보고 있었다.

"안 잤습니까?"

"잠이 앙이 왔습다."

정필과 합체가 되지 않은 그녀는 아무것도 느끼지 못한다.

"정필 오빠, 내가 생각한 거이 있슴다."

슥—

은애는 이불 속에서 손을 뻗어 팬티만 입고 있는 정필의 가슴에 스스럼없이 손을 얹었다.

"오빠 할아버지 고향이 회령이라고 하지 않았슴메?"

"그렇습니다."

"혹시 할아버지 친척이나 형제가 회령에 살고 있슴까?"

정필은 천장을 응시하며 말했다.

"할아버지는 6.25전쟁 때 지금 우리 아버지인 장남만 데리고 피난 나오셨습니다."

"6.25전쟁이 뭡까?"

"1950년 6월 25일 새벽에 북한이 갑자기 남침해서 일으킨 전쟁을 모릅니까?"

은애는 발딱 일어나 앉으며 정필을 손가락질하면서 따지듯이 외쳤다.

"아니, 무슨 말을 그케 함까? 그거이 6.25전쟁이 아이고 조국해방전쟁임다! 또한 남조선이 북침해서리 북조선을 짓밟은 전쟁 아임까?"

정필은 갑자기 일어나는 바람에 출렁이고 있는 은애의 유방을 멀뚱하게 쳐다보았다.

지금 느낀 것이지만 은애의 유방이 처음 봤을 때보다 탐스러워진 것 같았다.

"뭘 보는 거임까? 짐승같이……."

은애가 눈을 하얗게 뜨고 흘겼지만 가슴을 가리지는 않았다.

정필은 두 팔을 머리 위로 길게 뻗으며 기지개를 켜면서 하품을 했다.

"은애 씨, 아직도 북한의 거짓 선전을 믿는 겁니까?"

은애는 씁쓸한 표정을 지었다.

"우린 그렇게 배웠슴다."

정필은 일어나 앉아서 은애와 마주 보고 6.25전쟁에 대해서 자신이 알고 있는 내용을 간략하게 설명해 주었다.

은애는 혼란스러운 표정을 지었다.

"우리가 학교에서 배운 건 전부 거짓말 같슴다."

그녀는 팔짱을 끼면서 조금 당찬 표정을 지었다.

"기니끼니 오라바이 할머니가 그 당시 회령에 살고 계셨다는 거이지요?"

"그 당시에 할아버지께선 부인과 둘째아들, 그리고 막내딸을 회령에 두고 남으로 내려오셨습니다."

"어쨌든 제 생각은 이렇슴다. 이 기회에 오라바이네 할아버지 가족을 찾아보는 거이 어떻슴까?"

정필은 고개를 끄떡였다.

"생각해 봅시다."

할아버지 가족을 찾아낼 가능성은 희박하지만 한번 시도
해 보는 것도 나쁘지 않을 것 같았다.

제5장
조선의 딸들

　객실 난방이 너무 잘돼서 옷을 입으면 덥기 때문에 정필은 팬티만 입고 의자에 앉아서 테이블에 박종태에게서 뺏은 물건들을 늘어놓았다.

　은애의 칼과 권총 한 자루, 지갑, 인신매매 일지다.

　먼저 지갑을 열어보니 공민증과 전화카드, 100위안 지폐 27장과 잔돈, 그리고 공민증 아래에 은빛 열쇠 하나가 끼어 있다.

　정필은 은애의 칼로 박종태의 공민증을 여러 조각으로 잘랐다. 무딜 줄 알았던 칼은 뜻밖에도 지독하게 잘 들어서 공민증은 물론 그 아래 테이블에까지 깊은 칼자국을 만들었다.

그는 조각낸 공민증을 변기에 붓고 물을 내린 후 다시 의자로 돌아와 앉았다.

먼저 칼부터 살펴봤다. 전체 길이가 25㎝ 정도며 특이하게도 칼날과 손잡이 사이의 칼코등이가 없었다.

보통 칼은 칼날과 손잡이가 분리되어 있는 것을 칼날 쪽에 뾰족한 슴베를 만들어 그것을 손잡이 속에 깊이 박아 넣고 둘의 경계 부분에 쇠테를 둘러 칼코등이를 만들어 사용하는 것이 상식이다.

그런데 이 칼은 칼날과 손잡이가 하나였다. 칼날의 뾰족한 끝에서 손잡이 끝까지 하나의 금속으로 이루어졌다는 얘기다.

다만 손잡이와 칼날의 경계 부위가 1.5㎝ 정도 돌출되어 있어서 손잡이를 잡고 무언가를 찔렀을 때 손이 미끄러져서 칼날에 베는 것을 방지하는 역할을 해주었다.

정필은 눈을 좁혔다. 희고 푸르스름한 흐린 광채를 뿌리고 있는 칼날에 한자 세 글자가 새겨져 있는 것을 발견했다.

[斥邪劍]

"척사검······."

"그거이 이 칼의 이름임다."

은애의 설명에 정필이 쳐다보니 맞은편에 앉은 그녀는 두 손을 모아 정필에게 공손히 뻗었다.

"그 칼을 정필 오빠에게 드리갔슴다."

"그럴 순 없습니다."

정필이 칼을 은애 앞에 내려놓자 그녀가 칼을 다시 집어서 정필에게 주려는데 집어지지가 않았다. 혼령인 그녀는 칼을 집을 수 없는 것이다.

"박종태가 칼을 아직 팔지 못해서리 정필 오빠에게 드릴 수 있게 되어 다행임다."

"은애 씨."

은애가 손을 들어 정필의 말을 막았다.

"이 칼을 팔아서리 아버지하고 은철이, 그리고 제가 이밥에 고깃국 실컷 먹으려고 했는데 지금 아버지하고 은철이는 그보다 훨씬 더 좋은 세상에 오지 않았슴까?"

정필은 묵묵히 칼, 아니, 척사검을 내려다보았다. 척사. 악을 무찌른다는 그 검이 이상하게 그의 마음을 끌어당기는 것 같았다.

정필이 은애를 보면서 진지하게 물었다.

"은애 씨는 아버지와 은철이가 한국에 가는 걸 어떻게 생각합니까?"

은애는 두 손을 무릎에 얹고 차분하게 말했다.

"여기에 와서리 남조선이 잘살고 좋은 나라라는 사실을 알게 됐슴다. 그런데 아버지와 은철이가 거기 가면 남조선에서 무얼 해줄까? 먹고살게는 해줄까?"

"잘 모르지만 아마 집과 정착금을 줄 겁니다."

"그걸로 먹고살 수 있슴까?"

"은애 씨 아버지와 은철이가 한국에 오면 내가 돕겠습니다. 우리 집은 꽤 잘사는 편이니까 아버지와 은철이를 돕는 데 문제가 없습니다."

은애는 아스라한 표정으로 정필을 바라보았다.

"정필 오빠는 이렇게 잘해주는데 저는 그 칼밖에 줄 게 없다는 게 말이 됨까? 그런데 정필 오빠는 그 칼조차도 받지 않이 하려고 함다. 기니끼니 내 속이 터지겠슴까, 안 터지겠슴까?"

정필은 은애를 바라보며 빙그레 미소 지었다.

"알겠습니다. 감사히 받겠습니다."

그는 척사검을 한쪽으로 밀어놓고 이번에는 권총을 살펴보았다.

"아……."

한참 동안 자세히 살피던 그는 나직한 탄성을 터뜨렸다.

이 권총은 체코제로 총신에 cz—75라고 모델명이 새겨져 있다. cz—75는 엄청난 인기를 끌던 권총이라서 정필도 소문을 익히 들어 잘 알고 있지만 실제 보는 것은 처음이다.

권총으로선 대용량인 16발 탄창을 장전하고, 쇼트리코일 작동 방식을 채택하여 발사 시에 반동을 효과적으로 제어한다.

정필은 cz—75가 처음 시장에 나왔을 때 폭발적인 반향을 불러일으켰던 것으로 알고 있다. 그 이유는 바로 디자인과 성능 때문이다.

cz—75는 명중률이 높을뿐더러 손아귀에 쥐는 그립감이 좋고 내구성이 뛰어나며 중량이 가볍다. 이태리제 베레타, 미국제 콜트와 더불어 인지도가 뛰어난 권총이 바로 이 체코제 cz—75다.

그런데 설마 중국 변방인 연길의 박종태가 이 유명한 권총을 갖고 있을 줄은 상상도 하지 못했다.

크릭!

정필이 탄창을 뽑아서 총알을 다 빼자 열세 발이 들어 있다. 그렇다면 박종태가 세 발을 사용했다는 얘기다.

호텔은 청소를 하기 때문에 객실에 권총을 감춰둘 수가 없어서 정필은 권총을 가죽점퍼 안주머니에 넣었다.

"은애 씨, 나갑시다."

정필이 일어서자 은애도 따라 일어서며 다짐을 주었다.

"정필 오빠, 아까 제 얘기 잘 생각해 보기요. 회령에 사신다는 할머니와 삼촌, 고모를 찾는 것 말입다."

"알았습니다."

은애가 정필 앞으로 바짝 다가와 섰다. 그의 몸속으로 들어
가기 위해서다.

슥—

정필은 두 손으로 은애의 허리를 안아 슬쩍 위로 들어 올
려 자신과 그녀의 배꼽을 맞추었다.

이번에도 두 사람의 배꼽과 하체의 은밀한 부위가 동시에
맞춰지는 순간 은애의 모습이 그 자리에서 사라졌다.

정필은 호텔 로비 공중전화에서 서울 집으로 전화해서 주
로 할아버지 최문용하고 긴 통화를 했다.

첫 통화이기 때문에 가족들은 많은 것을 궁금해했지만 정
필은 자세한 얘기는 피하고 자신의 밥만 먹으면 잠에 빠지는
병이 이제는 다 나았으며, 이곳에 할 일이 남아서 며칠 더 머
물러야겠다고 말했다.

전화를 끊기 전에 최문용이 물었다.

―정필아, 두만강에서 회령은 봤니?

"아직 가보지 못했습니다."

―오냐. 알았다.

전화를 끊으면서 정필은 할아버지가 얼마나 가족을 그리워

하고 있는지 새삼 깨달았다.

여북하면 할아버지는 지난 43년 동안 북에 두고 온 부인과 둘째아들, 막내딸을 그리워하면서 결혼도 하지 않고 혼자 지냈겠는가.

그래서 정필은 은애 말대로 할아버지의 가족에 대해서 수소문해 봐야겠다고 마음먹었다.

"자네 이거이 어디에서 손에 넣었나?"

정필의 예상대로 박종태의 인신매매 장부를 자세히 살펴본 강명도가 크게 놀라며 물었다.

"얘기하자면 깁니다."

정필은 그렇게 얼버무리고 박종태가 인신매매를 하려고 북한 여자 일곱 명을 연길의 은밀한 장소에 감금했다는 얘기를 해주었다.

"그 여자들부터 구하는 게 급선무 아닙니까?"

"그렇지."

그러나 곧 강명도는 난색을 표했다.

"공안에게 신고할 수도 없고 야단났구먼."

중국 공안에게 신고하면 여자들을 구출할 수는 있겠지만 전원 북송되고 말 것이다.

그녀들에게 북송이 나을지 인신매매가 나을지 강명도로서

는 결정을 내릴 수가 없었다.

북송을 당하면 보위부에서 몇 달 동안 별별 고문을 당한 끝에 심할 경우에는 총살로 생을 마감하거나 정치범수용소로 보내져 온갖 고문과 강제 노역을 하다가 제명에 죽지 못할 것이다.

그보다 약하면 교화소에 보내져 짧게는 2년, 길게는 10년까지 중노동을 해야 한다.

경험자의 말을 빌리면 교화소에 보내지느니 차라리 죽는 게 낫다고 입을 모았다.

그리고 가장 약한 것이 노동단련대로 보내지는 것인데 육 개월 정도 강제 노역을 하다가 훈방 조치되는 것이다.

인신매매를 당해서 중국 사내들에게 팔려 가면 최소한 그런 개고생은 하지 않고 또한 굶어 죽을 걱정은 없다. 하지만 업어치나 메치나 마찬가지였다.

북한에 치를 떠는 사람은 되놈에게 개고생을 하는 게 낫다고 말하지만, 죽더라도 내 나라에 가서 죽어야 한다고 고집을 부리는 사람도 있었다.

"난감하네."

감금되어 있다는 일곱 명의 여자를 이대로 놔뒀다가 인신매매범들이 그녀들을 팔아넘기면 그걸로 끝이다. 그녀들을 찾을 길이 막막해진다.

강명도는 정필을 쳐다보았다. 그가 알고 있는 정필은 단순한 관광객일 뿐이라서 그에게 위험한 일을 하라고 시킬 수는 없는 노릇이다.

"제가 해보겠습니다."

정필의 말에 강명도는 염려스러워하면서도 반색을 했다.

"그래도 되겠나?"

정필이 쓸쓸하게 미소를 지었다.

"저 말고 이 일을 할 사람이 있습니까?"

강명도는 정필보다 더 쓸쓸하게 웃었다.

"없어. 자네가 나서준다니까 고마우면서도 미안하네. 하지만 어쩔 도리가 없네. 정필이 자네가 앞장서야겠어."

"저를 도와줄 사람이 없습니까?"

정필이 감금된 여자들을 구출할 수는 있어도 그녀들을 데리고 거리를 돌아다닐 수는 없었다. 행색이 초라한 그녀들은 사람들의 이목을 끌 것이고, 그렇게 되면 거리의 공안이나 경찰이 그냥 놔두지 않을 것이다.

"김길우는 어떨까?"

찬밥 더운밥 가릴 때가 아니었다. 김길우는 강명도의 말이라면 껌뻑 죽으니까 일단 신용할 수 있는 사람이다.

강명도가 걱정스러운 얼굴로 말했다.

"글치만 거기에 지키는 자들이 있을지도 모르는데……."

정필은 그녀들을 감금한 일당이 박종태와 권승갑 두 명뿐이고 그들을 자신이 죽였으니까 염려하지 않아도 된다는 말을 할 수가 없다.

"제가 알아서 처리하겠습니다."

그래서 그렇게만 말해두었다.

30분 후 연락을 받은 김길우가 평화의원으로 달려왔다.

"승합차 구할 수 있습니까?"

정필이 다짜고짜 묻자 김길우는 영문을 모르겠다는 표정으로 대답했다.

"그거이 돈만 주면 렌트할 수는 있디 않갔소?"

정필은 김길우에게 지금의 상황에 대해서 대충 설명해 주고 돈을 주었다.

"될 수 있으면 커튼이 있거나 창이 없는 승합차가 좋겠습니다. 가능하겠습니까?"

설명을 듣고 난 김길우는 바짝 긴장해서 조금 전하고는 달리 고개를 끄떡였다.

"알겠소."

김길우가 승합차를 렌트하러 뛰어나가는 걸 보고 정필이 강명도에게 물었다.

"그 여자들을 구해 오면 베드로의 집에 머물게 할 수 있겠습니까?"

"지금 목사님이 안 계셔서리… 더구나 거긴 이미 포화 상태라서 앙이 될 걸세."

강명도는 난색을 표했다.

정필은 휴게실을 둘러보았지만 평화의원도 일곱 명이나 되는 여자들이 있을 곳이 못 되었다. 그렇다고 호텔 같은 숙박업소를 얻을 수도 없었다.

"아!"

그러다가 정필은 문득 흥남국밥집 손영실이 생각났다. 그녀는 아파트에 혼자 살면서 방 하나를 월세로 내놓았다고 말했다.

"선생님, 김길우 씨가 오면 흥남국밥집으로 오라고 전해주십시오."

"알겠네."

정필은 그 말을 남기고 의원을 나섰다.

평화의원에서 흥남국밥집까지는 걸어서 10분 거리지만 마음이 급한 정필은 택시를 탔다.

정필은 자신이 본래 있던 곳에서 점점 멀리 가고 있다는 생각이 들었다.

처음에 연길에 온 목적은 은애 때문이었는데 이제는 또 다른 일에 개입하고 있다.

그렇지만 몰랐으면 모를까 이런 사실을 알게 된 이상 같은 민족인 북한의 여자들이 개나 돼지처럼 돈에 팔려 가는 것을 두 눈 뻔히 뜨고서 모른 체할 수가 없었다.

이것은 값싼 영웅심이나 정의감 따위가 아니었다. 뭐라고 단정할 수는 없지만 정의감보다는 더 본질적인 것, 동포애나 민족, 혈족 이런 것들이 밑바탕에 깔려 있는 것 같았다. 그러니까 이젠 물러설 수가 없었다.

탁!

정필이 택시에서 내려 급한 걸음으로 홍남국밥집으로 향하자 은애가 물었다.

"정필 오라바이, 어쩌려는 검까?"

정필은 우뚝 걸음을 멈추고 홍남국밥집 입구 옆에 서서 은애에게 말했다.

"국밥집 손영실 씨가 월세로 내놓은 아파트 방을 얻으려고 합니다."

그는 자신이 혼자가 아니라 은애가 있다는 사실을 깨닫고 앞으로는 매사에 그녀와 의논해야겠다고 생각했다. 두 머리가 한 머리보다는 낫지만, 그보다는 은애는 정필이 하려는 일을 알아야 할 권리가 있었다. 그는 혼자가 아니었다. 은애와 함께 있으며 그녀와 한 몸이다.

점심시간이 끝나갈 무렵인데도 홍남국밥집은 테이블마다 손님이 꽉 차 있었다.

"옴마야! 정필 총각 왔습까?"

들어서는 정필을 발견한 손영실이 테이블에 국밥을 가져가다가 말고 쟁반을 든 채 정필에게 쪼르르 다가왔다.

"국밥 잡수러 왔습까?"

정필은 국밥집이 눈코 뜰 새 없이 바쁜 걸 보고는 용건을 꺼내기 주저했다.

"잠시 기다리겠습니다."

"괜않소. 말씀하시오, 정필 총각."

그때 국밥을 기다리고 있던 테이블의 사내가 손영실에게 크게 소리쳤다.

"야! 여기 국밥 안 줘?"

"어서 갖다 드리세요."

정필이 종용하자 손영실은 국밥 그릇 세 개가 놓인 쟁반을 들고 그 테이블로 다가갔다.

손영실이 테이블에 국밥을 내려놓는데 그 테이블에 둘러앉은 사내들이 그녀에게 한마디씩 내던졌다.

"이런 니미럴! 장사 똑바로 못하겠니?"

"이 에미나이, 사내 오래 굶다 보이 반반한 젊은 사내새끼 얼굴 보고 아래가 벌렁거리니? 엉?"

손영실은 입술을 깨물면서 바르르 떨고 있는데 사내들은 키득거리며 그중 한 놈이 긴 치마를 입은 그녀의 탱탱한 엉덩이를 쓰다듬었다.

"너 아직 결혼한 적이 없어서리 사내 맛을 본 적 없을 텐데 궁둥짝은 쓸 만하구마이."

손영실은 엉덩이를 만지는 사내의 손을 신경질적으로 탁 치고 정필에게 왔다.

정필이 보니 세 명의 사내는 하나같이 험상궂은 상판에 한눈에도 질이 좋지 않은 건달 같아 보였다.

한국이든 중국 연길이든 건달들의 껄렁거리는 모습이라는 건 다 거기서 거기로 눈살을 찌푸리게 했다.

정필이 사내들을 노려보고 있으니 손영실이 다가와서 한쪽 눈을 깜빡거리면서 속삭였다.

"깡패들이우다. 모른 체합소."

정필은 사내 셋이 손영실 하나를 놓고 온갖 추잡한 소리를 다 하는 걸 보고는 속이 확 뒤집혔다.

굳이 손영실이 아니더라도 정필은 여자란 무조건 보호받아야 할 대상이지 희롱하거나 괴롭혀서는 안 된다고 엄한 가정교육을 받았다.

그렇지만 지금은 상황이 상황인지라 그냥 꾹 참고 손영실이 안내해 주는 테이블로 묵묵히 뒤따라갔다.

"야! 이 새끼! 너 이리 오라우!"

그런데 조금 전에 정필이 노려보는 모습을 못마땅하게 여기던 그 테이블의 장발의 사내가 손가락을 까딱거리면서 정필을 불렀다.

손영실이 뚝 멈추더니 뒤돌아서 빠르게 속삭였다.

"총각, 어서 도망가우다. 어서."

정필은 기분이 확 상해서 우두커니 서 있고, 손영실은 조바심이 나서 그를 내쫓듯이 떠미는데 기어코 방금 소리친 사내가 숟가락을 내팽개치고 다가오더니 다짜고짜 손바닥으로 정필의 뒤통수를 후려갈겼다.

탁!

"야! 이 간나 새끼야! 오라는 말 듣지 못했니? 너 귓구녕이 막혔니? 쌍간나 새끼!"

사내의 때리는 힘이 강해서 웬만한 남자라면 앞으로 고꾸라졌을 텐데 정필은 고개만 까딱하고는 그대로 우두커니 서서 반쯤 몸을 비틀어 사내를 쏘아보았다.

덩치가 정필하고 비슷하며 조금 고급스러워 보이는 점퍼에 신사 바지를 입은 사내는 정필이 끄떡없이 서 있는 데다 자기를 노려보자 '어?' 하는 표정을 지었다. 그러나 질렀다거나 겁먹은 모습은 아니었다.

"어, 이 새끼가 어딜⋯⋯."

"아이고! 그만두시라요! 암것도 모르는 젊은 사람 아임까? 한번 봐주시라요!"

손영실이 두 사람 사이에 끼어들어 두 팔을 벌리고 정필을 보호하면서 굽실거리며 사정을 하는 모습이 장발 사내의 기분을 상하게 만들었다.

"이 쌍간나! 저리 못 비키겠니?"

퍽!

"악!"

장발 사내가 솥뚜껑 같은 손바닥으로 귀빰을 한 대 갈기자 손영실은 외마디 비명을 지르며 그 자리에 고꾸라졌다.

"이 개간나가 어디서……."

장발 사내는 성이 안 풀리는지 주먹을 들어 쓰러진 손영실을 향해 휘둘렀다.

턱!

그런데 정필이 재빨리 장발 사내의 팔뚝을 움켜잡았다.

"어? 너 이 새끼! 이거 놓지 못하겠니?"

장발 사내는 잡힌 팔을 빼려고 힘을 쓰며 와락 인상을 쓰지만 팔을 빼기는커녕 쇠갈퀴에 붙잡혀 으스러지는 것 같아서 자기도 모르게 신음을 흘렸다.

"어어으으… 이, 이거 봐라."

탁—

정필이 팔을 놔주니 장발 사내는 비틀거리면서 물러나며 아픈 팔을 연신 주물렀다.

식당 안의 손님들은 사태가 험악하게 변하자 식사를 하다 말고 다 도망쳤고, 정필과 손영실, 장발 사내와 일당 두 명이 험악한 분위기 속에 모여 있다.

정필은 장발 사내와 그자의 일행에게 조용하지만 힘 있는 목소리로 말했다.

"여자를 괴롭히는 건 사내가 할 짓이 아니다. 나하고 싸우고 싶으면 밖에 나가서 당당하게 붙자."

"조오타! 이 새끼! 배같으로 나오라우!"

장발 사내와 두 사내는 버럭 외치고는 기세등등하게 밖으로 나갔다.

정필은 엎드린 채 꿈틀거리고 있는 손영실을 조심스럽게 부축해서 일으켰다.

"괜찮습니까?"

손영실은 입과 코에서 피를 흘리고 있으며 조금 전에 맞은 왼쪽 뺨이 벌겋게 부어 있는데 안색이 창백했다.

"아아, 정필 총각……."

정필은 지금 상황에 사건을 일으키는 것은 좋지 않지만 손영실이 정필을 보호하려다가 이렇게 된 것인데 모른 체하는 것은 자신의 신념에 어긋나는 것이라고 생각했다.

약자를 보호하는 것, 그리고 불의를 보고 물러나지 않는 것이 그의 신념이라면 신념이다.

"저기에 좀 앉아계십시오."

정필은 손영실을 부축해서 식당 안쪽에 붙어 있는 작은 방으로 가려고 하는데 그녀는 축 늘어지면서 한 걸음도 걷지 못했다.

정필은 그녀를 가볍게 번쩍 안아 들고 가서 미닫이문을 열고 겨우 두 평 남짓 되는 방에 내려놓고 재빨리 품속에서 권총과 척사검을 꺼내 옆으로 누워 있는 손영실 몸 아래에 끼워 넣으며 속삭였다.

"이거 잠시 보관해 주십시오."

정필이 몸을 일으키는데 손영실이 달달 떨리는 손으로 그의 옷자락을 붙잡았다.

"싸우지 마시오. 저놈들, 연변 혹사파 깡패우다."

깡패나 건달일 거라고 생각했지만 어쨌든 상관없었다. 정필은 손영실이 개처럼 맞는 것을 보고 조금 이성을 잃었으며, 저놈들도 탈북한 북한 여자들을 팔아먹는 인신매매범이나 똑같다는 생각이 들었다.

흥남국밥집에서 20m쯤 떨어진 공터에 정필과 세 명의 사내가 한데 모여 서 있다.

정필은 뒤통수를 때린 장발 사내하고 3m 거리를 두고 마주 보면서 서 있고, 다른 두 사내는 장발 사내 뒤에 나란히 서 있는데 기세가 등등했다.

야릇한 미소를 짓는 모습이 정필을 실컷 두들겨 패주겠다는 표정이 얼굴에 가득했다.

그리고 주위에는 싸움 구경을 하려고 수십 명이 모여 있었지만 말리려는 사람은 없었다. 연길시 시민들을 공포에 떨게 만든 흑사파 건달들의 싸움을 말릴 간덩이를 지닌 사람이 없는 것이다.

"덤벼라! 이 간나 새끼야!"

장발 사내는 상체를 약간 낮추고 맹수처럼 으르렁거리면서 욕을 해댔다.

정필은 당당한 자세로 우뚝 서서 나직하게 말했다.

"나하고 한 가지 약속하고 싸우자."

"뭐이든 지껄여 봐라, 이 새끼야!"

"지든 이기든 군말 없기다. 그리고 다시는 국밥집에 얼씬거리지 마라."

장발 사내는 호기롭게 외쳤다.

"그럴 리는 없겠지만 니 새끼가 이기면 그러겠다! 알아듣겠니, 호로새끼야!"

"지저분하게 뒷말하면 그냥 안 두겠다."

정필이 으름장을 놓는 게 가소로운지 장발 사내 뒤에 서 있는 두 사내 중 한 명이 웃으며 말했다.

"가만히 앙이 있으면 어카겠다는 기야?"

정필이 엄한 표정으로 중얼거렸다.

"죽여 버리겠다."

"우핫핫핫핫핫!"

세 사내 모두 고개를 젖히고 가가대소를 터뜨렸다.

"뒈져라, 이 새끼야!"

휘익!

웃다가 갑자기 장발 사내가 몸을 날려 달려들면서 복싱을 하는 것처럼 상체를 바짝 숙였다가 벼락같이 정필의 얼굴을 향해 오른 주먹을 날렸다.

정필이 보기에 장발 사내는 뒷골목에서 싸움질깨나 하고 다닌 모양이다. 싸우는 폼이나 기세가 제법이었다.

그런데 정필은 싸움을 할 줄 몰랐다. 그가 할 줄 아는 것은 특전사에서 배운 전투였다.

죽느냐 사느냐 목숨을 건 전투. 바로 백병전이나 기습으로 적을 완벽하게 제압하는 수법이다.

정필은 뻣뻣하게 서 있다가 상체를 슬쩍 틀어서 장발 사내의 주먹을 가볍게 피하고는 재빨리 손을 뻗어 장발 사내의 겨드랑이 부분 옷자락을 거머잡았다.

타앗!

그 순간 가볍게 업어치기로 장발 사내를 집어 던졌다. 그의 커다란 몸뚱이가 믿을 수 없게도 가벼운 짚단처럼 허공으로 붕 떠올랐다가 등을 아래로 하여 땅바닥에 대자로 나가떨어졌다.

쿵!

"왁!"

장발 사내는 널브러졌다가 애간장 끊어지는 신음을 끙끙 토해내면서 몇 번이나 일어나려고 꿈틀거렸지만 결국 그대로 쭉 뻗어버렸다.

아무리 대단한 싸움꾼이라고 해도 유도 3단인 정필의 손에 옷자락이라도 붙잡히기만 하면 그걸로 끝이었다.

"이 새끼!"

"죽이가서!"

그때 다른 두 사내가 성난 호통을 지르면서 정필에게 달려드는데 손에는 어느새 품속에서 꺼낸 칼이 쥐어져 있다. 하나는 길고 날카로운 회칼이고 또 하나는 중국집 주방에서 사용하는 네모진 넓적한 칼이다.

"아아, 오라바이, 어쩜까?"

여태 가만히 있던 은애가 칼을 보자 바들바들 떨면서 정필 걱정을 했다.

보통 싸움에서 이럴 때의 대처 방법은 두 가지다. 하나는 맞서 싸우는 것이고 다른 하나는 도망치는 것이지만, 도망치는 것은 정필의 성미에 맞지 않았다. 목숨이 위태롭지 않는 한 정필의 사전에 도망치는 짓 따위 없었다.

맞서 싸울 경우에도 대처 방법이 또 두 개로 나뉘는데, 하나는 상대보다 더 빠른 공격을 하는 것이고, 다른 하나는 일단 피했다가 상대의 빈틈으로 파고들어 반격하는 것이다.

정필은 첫 번째 방법을 선호했다. 피했다가 공격을 해도 상관이 없지만 그건 이런 잔챙이보다 훨씬 강한 상대를 만났을 경우에 사용하는 것이다.

지금 같은 상황에서는 가장 기초적이고 단순한 공격을 해도 충분하게 이길 수 있었다.

정필은 오른쪽에서 한 사내가 회칼을 앞으로 쭉 뻗어 찌르는 것을 몸을 틀어서 피하며 사내의 정강이를 발끝으로 짓밟듯이 내질렀다.

딱!

"억!"

그 한 방으로 정강이뼈가 부러진 사내가 앞으로 고꾸라질 때 정필이 번쩍 허공으로 떠오르며 오른 발끝으로 사내의 턱을 걷어찼다.

칵!

"우와!"

사내의 몸이 뒤로 벌렁 젖혀졌다.

넓적한 칼을 휘두르던 왼쪽의 사내는 공격할 상대를 잃어버리고 허우적거리는데, 허공에 떠 있는 상태인 정필이 내려서면서 발뒤꿈치로 그자의 뒤통수를 찍었다.

탁!

"커억!"

두 사내가 비틀거리고 있을 때 정필은 한쪽 무릎을 살짝 끓은 자세로 땅에 가볍게 내려섰다.

군더더기 없는 깔끔한 솜씨라서 구경꾼들은 놀라고 감탄하느라 벌린 입을 다물지 못했다.

정필이 땅에 내려선 다음에야 두 사내가 앞다투어 쓰러졌으며, 그러고는 끝내 일어나지 못했다.

"우야야! 오라바이 땜에 은애 심장이 멈췄드랬슴다."

은애가 바들바들 떨리는 소리로 죽는 시늉을 했다.

"야아, 울 오라바이 굉장함다. 일당백임다."

은애는 지금까지 살아오면서 현실에서도 꿈에서도 정필처럼 늠름하고 훌륭한 남자를 본 적이 없었다.

정필이 아무 일 없었다는 듯 공터를 걸어 나오자 모여 있던 사람들이 우르르 길을 터주었다.

사람들은 한 명이 세 명을 상대로 이처럼 깔끔하고 간단하게 때려눕히는 것을 한 번도 본 적이 없기에 정필이 무슨 싸움의 신이나 되는 것 같은 시선으로 쳐다보았다.

사람들은 흑사파 건달들을 때려눕힌 정필에게 박수를 치고 싶지만 감히 그러지는 못하고 환한 표정으로 응원만 보내고 있었다.

정필은 구경꾼들 바깥에 김길우가 넋 나간 얼굴로 서 있는 것을 발견하고는 가볍게 고개를 끄떡였다.

김길우는 뭔가 두려운 듯 정필에게 즉시 다가오지 않고 약간 거리를 두고 따라오더니 홍남국밥집에 들어와서야 가까이 다가와 홍분한 표정으로 진저리를 쳤다.

"우야아! 선생, 싸움을 어째 그리 잘함메?"

김길우도 홍분하니 함경도 사투리가 쏟아져 나왔다. 연변의 조선족은 거의 대부분 함경도 사투리를 사용했다.

손영실은 미닫이문을 열어놓고 손바닥만 한 방에 오도카니 앉아 있다가 정필을 보고 발딱 일어나 다가왔다.

"개않습까, 정필 총각?"

김길우는 한쪽 뺨이 벌겋게 부어오른 손영실을 보고 일이 어떻게 된 것인지 즉시 짐작하고는 자기가 본 것을 침을 튀겨가며 설명했다.

"아! 이 선생이 말이오! 그 흑사파 세 놈을 한 놈은 하늘로 집어 던지고 두 놈은 공중으로 떠올라서 따딱! 발길질로 골로 보냈지 아이함메!"

"다치지 않았슴까?"

손영실은 눈물을 글썽이며 정필의 몸을 이리저리 만지면서 걱정을 했다.

"누가 날 위해서 나서준 거이 생전 처음임다. 예전에 깡패들이 여기서 행패를 부리면 다들 구경만 했는데 정필 총각이 날 위해서리 그놈들을……"

손영실은 감격했는지 정필 품에 안겨서 울음을 터뜨렸다.

"대단한 거 아닙니다. 이제 괜찮습니다."

정필은 손영실의 등을 부드럽게 쓰다듬어 주었다. 머리 꼭대기가 정필의 가슴에 오는 손영실은 생각보다 여린 몸매를 지니고 있었다.

"저 사실은 손영실 씨에게 부탁이 있어서 찾아왔습니다."

정필의 말에 손영실은 눈물범벅인 얼굴을 들고 그를 올려다 보았다.

"무슨 부탁임까?"

"손영실 씨네 아파트가 큽니까? 방이 몇 개입니까?"

"작은 방까지 치면 네 개인데, 창고가 하나 있고 변소는 한 갬다."

"혼자 사신다고 그러셨죠?"

"그렇슴다. 근데 왜 그럼까?"

조선의 딸들 245

"세놓으셨다는 방을 제가 쓸까 해서요."

"……"

손영실은 놀라서 원래 동그란 눈을 더욱 동그랗게 뜨고 아무 말도 못한 채 정필을 쳐다보기만 했다.

"그런데 방이 최소한 두 개쯤 필요합니다."

손영실은 한 걸음 뒤로 물러나서 두 손을 가슴에 얹고 기쁨에 겨워 말했다.

"정필 총각이 쓰겠다면 아파트 전체를 써도 됩다! 방 네 개 몽땅 내주겠습다!"

김길우가 피식 웃었다.

"영실 아줌마는 어디서 자오?"

손영실이 배시시 수줍게 웃었다.

"내야 뭐 정필 총각 옆에 끼어서 자면 되지 않겠습둥?"

"예끼!"

김길우가 무슨 소리냐고 펄쩍 뛰었다.

정필은 손영실에게 제대로 말해야겠다고 생각했다.

"사실은 말입니다."

그러고는 여러 개의 방이 필요한 진짜 이유가 인신매매범에게 감금되어 있는 탈북녀들 때문이라고 설명해 주었다.

설명을 듣고 난 손영실이 급히 손사래를 쳤다.

"날래 댕겨오기요. 그 여자들 구하지 못하면 다시는 여기

오지 말기요.”

식당 입구로 걸어가는 정필을 따라 나오면서 손영실이 말없이 손에 검정 비닐봉투를 쥐어주었다.

정필은 손의 감각만으로 비닐봉투 안에 척사검과 권총이 들어 있다는 걸 알았다.

정필은 김길우가 렌트해 온 승합차를 가지러 간 사이에 권총과 척사검을 꺼내 품속에 넣었다.

“어디로 가오?”

김길우가 큰길로 승합차를 몰면서 물었다.

“동광촌(東光村) 117—4번지로 갑시다.”

“동광촌 110번지부터 135번지까진 죄다 공장이우다.”

택시 기사를 하고 있는 김길우는 연변조선족자치주라면 골목길까지도 훤하게 꿰고 있다.

20분쯤 후 정필이 탄 승합차가 도착한 곳은 부르하통강 하류 오른쪽의 드넓은 허허벌판에 비슷비슷한 크기와 모양의 공장들이 끝없이 늘어선 지역이었다.

김길우는 승합차를 천천히 몰면서 오른쪽에 늘어선 공장 입구의 기둥에 적힌 번지를 하나하나 살펴보았다.

“그런데 지키는 놈들이 있으면 어찌하오?”

그렇게 물어본 김길우는 아까 정필이 흑사파 건달 세 명을 어떻게 했는지 생각하고는 피식 웃었다.

"내래 괜한 걱정을 했수다."

승합차가 어느 공장 앞에 멈추었고, 김길우가 굳게 닫힌 공장 문 옆 기둥의 117—4라는 번지를 가리켰다.

"여기요."

"차에서 기다려요."

정필이 말하고 승합차에서 내려 굳게 닫혀 있는 철문으로 다가가 살펴보니 옆에 작은 쪽문이 붙어 있고 다행히 열려 있어서 안으로 들어가 빗장을 풀고 큰 철문을 활짝 열었다.

그가 들어오라는 손짓을 하자 김길우가 승합차를 몰고 천천히 철문 안으로 들어왔다.

정필은 박종태가 죽음의 공포 앞에서까지 거짓말을 했을 것이라고는 생각하지 않았다. 하지만 거짓으로 가르쳐 주었을 수도 있다는 가능성을 배제하지도 않았다.

만약 박종태가 거짓말을 했다면 정필로서는 어떻게 손을 쓸 방법이 없었다.

탈북녀 일곱 명은 어디엔가 은밀한 곳에 감금된 상태에서 굶어 죽든가 아니면 또 다른 일당에 의해서 중국 시골의 무지 렁이들에게 팔려 갈지도 모른다. 그렇기 때문에 정필은 이곳에 그녀들이 있기를 간절히 빌었다.

철문 안쪽은 흙바닥의 작은 마당이 있고 그곳에 승합차 한

대가 서 있으며, 단층 건물 두 동과 이 층 건물 하나가 삼각형
으로 지어져 있다.

김길우는 승합차 옆에 자신이 몰고 들어온 승합차를 붙여
세우고 차에서 내려 긴장한 얼굴로 정필에게 다가왔다.

"어드메 여자들이 있는지 알겠소?"

정필은 손가락 하나를 입에 대고 조용히 하라는 시늉을 하
고는 가장 가까운 공장 건물로 걸어갔다.

큰 미닫이 철문 오른쪽의 작은 쪽문을 열고 건물 안으로
들어간 정필이 잠시 후에 나와서 다음 건물을 가리키며 앞장
섰다.

방금 들어간 건물 안에는 사용한 지 오래된 듯 낡은 선반기
계 등이 놓여 있을 뿐 사람은 없었다.

첫 번째 공장 왼쪽 모퉁이를 돌아가자 왼쪽에는 공장으로
보이는 건물이, 오른쪽에는 숙소나 사무실인 듯한 이 층 건물
이 있어서 정필과 김길우는 이 층 건물로 다가갔다.

아래층에는 사무실인 듯한 방이 여러 개 있는데 정필이 살
펴보니 사람이 없어서 밖으로 돌출된 철제 계단을 통해 이 층
으로 올라갔다.

끼이이!

정필의 무게 때문에 낡은 철재 계단에서 소리가 나서 그는
잠시 멈췄다가 다시 최대한 조심하면서 올라갔다.

이 층 입구에는 나무문이 있고 위쪽에 네모난 유리가 있어서 그곳을 통해서 안을 들여다보니 복판에 복도가 길게 있고 양쪽으로 일정한 간격의 문이 있는 것으로 보아 이곳이 숙소인 것 같았다.

그렇다면 이곳에 탈북녀들이 감금되어 있을 가능성이 크다고 정필은 생각했다.

정필은 김길우더러 밖에서 기다리라고 손짓하고는 조심스럽게 문을 열고 안으로 들어갔다.

"오라바이, 조심하기요."

은애가 바짝 긴장한 목소리로 당부했다. 그녀는 자신의 말 때문에 정필이 신경을 쓸 수도 있다는 생각에 꼭 필요한 말 외에는 하지 않았다.

복도의 오른쪽 세 번째 문 하나만 열려 있고 나머지는 모두 닫혀 있어서 정필은 열려 있는 문을 향해 시멘트 바닥을 디디며 살금살금 다가갔다.

그런데 그가 다가가는 도중에 열려 있는 세 번째 문 안에서 이상한 소리가 흘러나왔다.

남자의 헐떡거리는 거친 숨소리와 여자가 소리 죽여서 낮게 울고 있는 소리다.

그 소리만으로 언뜻 떠오르는 것은 남녀가 섹스를 하고 있다는 사실이다.

바깥쪽으로 활짝 열려 있는 문 앞에서 정필이 가장 먼저 발견한 것은 문 안쪽 마주 보이는 벽의 구석 바닥에 쪼그리고 앉아서 울고 있는 남루한 몰골의 어린 소녀였다.

소녀는 정필에게는 보이지 않는 방 안쪽을 바라보면서 슬프게 흐느끼고 있었다.

정필은 방 안으로 슬쩍 한 걸음 들어서서 그쪽을 쳐다보다가 움찔 놀라고 말았다.

그곳 바닥에는 이불이 깔려 있고 남녀가 벌거벗은 모습으로 한창 섹스에 열중하고 있었다.

"아……."

정필과 동시에 그 광경을 본 은애가 움찔 떨면서 나직한 탄성을 토해냈다.

또 한 사내는 남녀의 옆에 서서 그 광경을 지켜보면서 헤벌쭉 음탕한 미소를 짓고 있느라 정필이 들어선 것도 알아채지 못했다.

정필은 섹스를 하고 있는 남녀의 다리 쪽에 있기 때문에 그들의 얼굴은 보이지 않았다.

다만 사내가 여자의 양쪽 발목을 양손으로 붙잡고 활짝 벌린 채 궁둥이를 들고 섹스를 하고 있기에 사내의 성난 물건이 여자의 그곳으로 힘차게 드나드는 모습만 보일 뿐이다.

"옴마야! 꺄아악!"

그 광경을 봤는지 은애가 자지러지는 비명을 내질렀다.

그때 서서 섹스를 구경하던 30대 중반의 사내가 손으로 불룩한 사타구니를 붙잡고 중얼거렸다.

"아, 내는 더 참지 못하겠다. 내래 저 어린년이라도 잡아먹어야겠다."

그러자 사내 밑에 깔려 있는 얼굴이 보이지 않는 여자가 급히 외쳤다.

"으흐흑! 안 됩다! 내 딸은 건드리면 앙이 됩다!"

"계집은 어릴수록 더 맛있지 아니 하겠……."

서 있던 사내는 소녀 쪽으로 돌아서서 걸어가려다가 자신을 향해 저돌적으로 달려드는 시커먼 물체, 즉 정필을 발견하고는 움찔 놀랐다.

"어헛?"

삑!

"끅!"

정필이 달려드는 기세를 몰아 오른 주먹으로 사내의 관자놀이를 정통으로 갈겼다.

이어서 정필은 방향을 틀어 여자 위에서 헐떡거리다가 놀라서 뒤돌아보는 사내에게 득달같이 달려들어 주먹으로 오른쪽 목을 강하게 찍어버렸다.

퍽!

"컥!"

여자 위에 있던 사내는 상체가 옆으로 홱 날려가 옆머리를 벽에 거세게 부딪치고는 나가떨어졌다.

정필은 그 사내에게 달려들어 얼굴과 머리, 옆구리를 주먹과 발길질로 짓밟듯이 짓이겼다.

"이 개새끼야!"

퍽! 퍽! 퍽!

정필이 때리다가 힐끗 돌아보니 먼저 관자놀이를 맞은 사내가 꿈틀거리면서 일어나려고 해 득달같이 달려들어 무차별적으로 주먹과 발길질을 퍼부었다.

퍼퍼퍼퍽!

"이 짐승 새끼야! 죽어라! 죽엇!"

뭐라고 설명할 수 없는 분노가 화산처럼 치밀어 올랐다. 불쌍한 여자들을 돕지는 못할망정 돈을 받고 팔아넘기는 것으로도 모자라서 강간이라니, 이런 놈들은 죽어야 한다는 생각이 정필을 분노하게 만들었다.

때리기를 멈춘 정필은 몸을 일으키면서 두 사내를 둘러보았다. 사내들은 피투성이가 되어 죽었는지 기절했는지 꼼짝도 하지 않았다.

정필은 헐떡거리면서 여자에게 다가가 그녀를 굽어보았다.

"헉헉헉!"

두 사내를 얼마나 때렸는지 주먹이 다 욱신거렸다.

여자는 몹시 야윈 알몸을 드러내고 두 다리를 활짝 벌린 채 힘없이 늘어져 놀란 얼굴로 정필을 바라보았다.

그녀는 온통 눈물범벅인 얼굴에 겁먹은 표정을 짓고 있으면서도 정필을 바라볼 뿐 일어나거나 몸을 가리려고도 하지 않았다.

어쩌면 정필을 쓰러져 있는 두 사내처럼 그녀의 몸을 원하는 짐승으로 오해했는지도 모른다. 아니면 체념이나 자포자기가 그녀를 무기력하게 만들었을 것이다.

정필의 시선이 무심코 여자의 하체로 향했다. 벌리고 있는 그녀의 은밀한 곳은 짓밟힌 꽃잎처럼 붉었으며 슬픈 눈물을 흘리고 있었다.

슥—

정필은 이불로 여자의 몸을 덮어주고는 한쪽 무릎을 꿇고 서 부드러운 미소를 지었다.

"날 알아보겠습니까?"

여자가 일어나 앉으려고 하는데 힘이 없는지 꿈틀거리기만 하는 모습을 보고 정필이 부축해서 일으켜 앉혀주었다.

"으앙! 어마이!"

그때 소녀가 맹렬하게 울음을 터뜨리면서 여자를 향해 엉금엉금 기어왔다.

"송화야⋯⋯."

벽에 기대앉은 여자가 딸을 향해 힘없이 두 팔을 벌리자 이불이 흘러내려 앙상한 가슴에 매달린 쪼그라든 유방이 드러났다.

"엉엉! 어마이, 나 때문에⋯ 엉엉!"

소녀 송화는 엄마에게 안겨 서럽게 울었다.

여자는 송화의 머리를 쓰다듬다가 경계하는 눈빛으로 정필을 바라보며 더듬거렸다.

"혹시⋯ 무산 근처에서 만난 남조선 사람 아임까?"

정필은 온화하게 미소 지었다.

"그렇습니다."

"이제 우리를 어떻게 할 검까?"

"여기에서 나가야지요."

"그다음에는 우릴 팔 검까?"

"아닙니다. 어디를 가시든 아주머니 자유입니다."

여자는 조금 전까지 자신을 짓밟던 사내를 쏘아보면서 독한 표정을 지었다.

"내 다 안다. 저놈이 우릴 중국 시골의 무지렁이 사내에게 중국 돈 3천 원을 받고 팔 거라고 했슴다. 기니끼니 당신은 우릴 남조선에 팔 검까?"

정필은 구구절절 말로 설명하는 것은 잘 못하는 편이라서 바닥에 흩어져 있는 여자의 옷을 집어주었다.

"우선 옷부터 입으세요."

이어서 그녀가 주섬주섬 옷을 입고 있는 동안 밖으로 나가
김길우를 불렀다.

"저 사람에게 사정 얘기를 좀 해주십시오."

김길우는 옷을 다 입고 송화를 품에 안은 채 이불 위에 앉
아 있는 여자와 방바닥에 쓰러져 있는 피투성이 두 사내를 보
고는 놀라서 혀가 목구멍으로 말려들어 가는 소리를 냈다.

"우야아! 선생이 이자들을 때려눕혔습까?"

김길우는 여태까지 정필에게 이랬소, 저랬소 하는 말투였는
데 이제는 깍듯이 존대를 했다. 갈수록 그가 큰 인물로 보였
기 때문이다.

박종태는 절반만 사실대로 말했다. 탈북녀들이 감금된 장
소는 정확하게 가르쳐 주었지만 이곳을 동료들이 지키고 있
다는 말은 하지 않았다.

어쩌면 최악의 경우 자신의 동료들이 정필을 처리해 주기를
바랐을지도 모른다. 그렇지만 박종태는 정필에 대해서 아무것
도 몰랐다. 그가 마음만 먹으면 살인기계가 된다는 사실을 말
이다.

정필은 쓰러져 있는 사내들을 살펴보고 완전히 기절한 걸
확인했다. 정필에게 그 정도로 두들겨 맞고서도 죽지 않은 게

다행이었다.

정필은 방 밖으로 나가 다른 방들을 차례로 살피면서 전진하다가 오른쪽 맨 끝 방에 젊은 여자 다섯 명이 옹기종기 모여 있는 것을 발견했다.

그녀들의 남루한 옷차림과 앙상한 몰골, 영양 결핍으로 누렇게 뜬 얼굴, 그리고 겁에 질린 표정을 보고는 북한 탈북녀라는 사실을 직감했지만 확인을 위해서 직접 물어보았다.

"북조선에서 왔습니까?"

여자들은 몹시 겁에 질린 표정이며, 그녀들 중에 두어 명이 말은 하지 않고 고개만 끄떡였다.

"옴마야! 정필 오라바이, 저기 저 애… 제 친구임다!"

그런데 갑자기 은애가 놀라서 소리쳤다.

"조기 맨 왼쪽에서 두 번째 앉아 있는 얼굴이 동그랗고 매사하게 생긴 애가 우리 마을에 사는 제 친구 순임이, 박순임임다."

정필이 쳐다보자 박순임이 불에 덴 듯이 깜짝 놀라며 급히 외면했다.

아까 이 방에서 모녀가 끌려 나가는 걸 봤고, 또 그녀들이 무슨 일을 당할 것인지 짐작했기 때문에 순임은 되도록 정필하고 시선을 마주치지 않으려는 것이다.

"박순임 씨."

그런데 자기 이름이 불리자 순임이 화들짝 놀라면서 정필을 쳐다보았다.

동그랗고 앳된 얼굴이라서 나이보다 어려 보이고 매우 귀엽고 예쁘장한 용모이다.

좋은 세상에서 잘 먹고 좋은 옷을 입고 산다면 한 미모 할 얼굴이었다.

"조은애를 압니까?"

정필이 묻자 박순임이 놀라서 눈을 동그랗게 뜨더니 부지중 고개를 끄떡였다.

"네······."

"은애 씨 아버지 조석근 씨하고 은철이가 지금 이곳 연길에 있습니다."

"아······."

박순임이 환한 표정을 지었다. 그녀는 은애 가족 얘기에 경계심을 조금 늦추는 듯 보였다.

"은애도 같이 있슴까?"

"은애 씨는······."

정필은 뭐라고 말해야 좋을지 몰라 말끝을 흐렸다.

"선생님."

여자들을 승합차에 태우는데 송화 엄마가 조심스러운 얼굴로 정필을 불렀다.

"저는 좀 씻어야겠는데 도와줍소."

김길우에게 대충 설명을 들은 송화 엄마는 정필에 대한 경계심을 많이 없앴다.

정필은 그녀가 왜 씻어야겠다고 말하는지 이해하고 그녀를 데리고 아까 탈북녀들을 찾다가 발견한 공동세면대로 향했다.

그런데 송화 엄마가 제대로 걷지도 못하고 비틀거려서 정필이 그녀를 부축해서 걷다가 나중에는 번쩍 안고 빠른 걸음으로 걸었다.

"아……."

송화 엄마는 깜짝 놀라더니 두 팔로 정필의 목을 꼭 안았다.

"연길까지 걸어왔습니까?"

"꼬박 이틀 걸리드만요."

정필의 물음에 송화 엄마는 그의 어깨에 뺨을 기대고 힘없는 목소리로 대답했다.

"먹을 걸 구하러 온 겁니까?"

정필은 뻔한 걸 물어놓고 후회했다.

"우리 집 나그네하고 아들이 차례로 굶어 죽고서리… 우리도 가만히 있다간 죽을 거 같아서……."

"나그네… 가 뭡니까?"

"애들 아바이 말임다."

"아……."

함경도에서는 남편을 '나그네'라고 부른다는 말을 예전에 할아버지에게서 들은 기억이 났다.

그러니까 송화 엄마는 남편과 아들이 차례로 굶어 죽고 나서 자신들도 죽을 것 같아서 도강하여 중국에 온 것인데, 하필 재수 없게 인신매매범에게 붙잡힌 것이다.

송화 엄마는 키가 160㎝는 될 것 같은데 정필이 안으니 체중이 30㎏도 못 나갈 것처럼 가벼웠다.

"중국에 가서 일하면 굶지는 않는다고 해서리 딸하고 걸어왔는데……."

정필이 공동세면대가 있는 건물 일 층으로 들어서는데 송화 엄마가 뜻밖의 말을 했다.

"아까 그 짐승 같은 놈들이 우리 송화를 욕보이려고 해서 차라리 날 욕보이고 송화를 건드리지 말아달라고 그놈들에게 사정하지 않이 했슴메."

그녀는 어린 딸을 보호하려고 자신의 몸을 짐승들에게 내던진 것이다.

그렇지만 정필이 조금만 늦었더라면 그녀가 보호하려고 하던 딸도 짓밟히고 말았을 것이다.

공동세면대에는 수도꼭지가 몇 개 나란히 있고 바닥에 세

숫대야 서너 개가 나뒹굴고 있었다.

정필이 송화 엄마를 내려주니 그녀는 몸뻬 같은 헐렁한 바지를 벗으면서 중얼거렸다.

"선생님, 흉보면 앙이 되기요."

"알았습니다."

그녀가 구멍이 숭숭 뚫린 누런 팬티를 벗으려다가 비틀거려서 정필이 얼른 붙잡아주었다.

송화 엄마는 세숫대야에 찬물을 받아서 그 위에 걸터앉아 은밀한 부위를 씻기 시작했다.

정필이 비누를 찾아주니 송화 엄마는 몇 번이고 비누를 묻혀서 그곳을 뽀드득뽀드득 소리 내어 씻고 또 씻으면서 닭똥 같은 눈물을 뚝뚝 흘렸다.

"으흑흑, 우리가 개나 돼지지 어디 사람임까? 누가 사람을 제멋대로 팔고 겁탈을 함까?"

정필은 뭐라고 위로할 말을 찾지 못해서 자꾸 뒤로 주저앉으려는 송화 엄마를 뒤에서 묵묵히 받쳐주기만 했다.

그녀는 더러운 사내의 흔적을 씻어내려고 필사적으로 그곳을 씻어댔다.

"칼이 있으면 도려내고 싶습다. 으흑흑!"

그녀의 말이 날카로운 비수처럼 정필의 심장에 꽂혔다. 정필은 문득 그 비수를 인신매매범들의 심장에 꽂고 싶다는 충동이 들었다.

여자들을 모두 승합차에 태운 정필은 마지막으로 박종태의
동료인 두 사내를 밧줄로 꽁꽁 묶고 입에 테이프를 붙여서 여
자들이 갇혀 있던 골방에 집어 던지고 문을 닫았다.

그놈들이 한 짓을 생각하면 죽이고 싶지만 자꾸 사람을 죽
여서는 안 된다는 생각 때문에 분노를 억눌렀다. 놈들은 졸지
에 당하는 바람에 정필의 얼굴을 보지 못했으므로 뒤가 켕길
일은 없었다.

골방에 밧줄로 묶어서 입까지 막은 채 가두어놓았으니 운
이 좋으면 누군가에게 발견되어 목숨은 건질 테지만, 그렇지
않으면 굶어 죽게 될 것이다.

북한 여자들을 팔아먹으려던 조선족 놈들이 이제는 자신들
의 운명을 시험해 봐야 할 때였다.

영실은 홍남국밥집을 일찌감치 닫고 집으로 돌아와서 아파
트를 깨끗하게 청소하고 여자들이 먹을 것을 준비한 후 정필
등을 기다리고 있었다.

대로에서 멀리 떨어진 골목에 7층짜리 아파트가 두 동 있으
며, 영실의 집은 왼쪽 건물 3층이었다.

정필은 승합차를 아파트에서 30m 떨어진 곳에 세워두고 영

실이 전해준 그녀의 옷들을 승합차 안에서 일곱 명의 여자에게 갈아입힌 후 한 사람씩 아파트로 가게 했다.

탈북녀들의 남루한 옷은 너무 눈에 띈다. 또한 일곱 명의 여자가 한꺼번에 몰려가거나 아니면 정필이나 김길우가 왔다 갔다 하면서 한 명씩 데려가면 남들이 이상한 눈으로 볼 게 분명했다.

영실은 흥남국밥집에서 한 솥 가득 국밥을 미리 가져다 놓고 또 따뜻한 하얀 쌀밥을 해두었다가 돼지고기를 굽고 볶아서 한상 가득 내놓았다.

거실에 놓인 상에는 북한 사람들이 꿈에도 그리던 이밥에 고깃국이 가득했다.

처음에는 쭈뼛거리던 탈북녀들은 침샘을 자극하는 맛있는 냄새에 이끌려 하나둘 상 주위로 모여들더니 어느새 게걸스럽게 먹어대기 시작했다.

그녀들이 식사를 하는 동안 조선족인 영실과 김길우는 그녀들이 이제부터 연길에서 생활하는 동안 조심해야 할 것들과 이곳에서 탈북자들이 지내는 형편에 대해서 차근차근 설명해 주었다.

정필은 영실의 집 전화로 평화의원 강명도와 통화하여 베드로의 집 장중환 목사가 돌아왔다는 얘기를 듣고는 지금 만나러 가겠다고 했다.

　정필이 김길우와 함께 나가려는데 영실이 따라 나와 현관 안쪽에서 초조한 얼굴로 물었다.

　"정필 총각, 이따 이리로 올 겁까?"

　"글쎄요."

　정필은 장중환 목사를 만난 후에 호텔로 갈 생각이라서 말을 흐렸다.

　영실이 정색을 하면서 그의 옷자락을 붙잡았다.

　"나는 정필 총각이 우리 집에 있겠다고 해서 방을 내준 기야요. 만약 정필 총각이 오지 않으면 여자들 여덟 명이서 무서워서 어캅니까?"

　정필이 듣고 보니 그렇기도 했다. 정필이 보초라도 서야지만 여자들이 안심할 것 같았다.

　"내가 쓸 방이 있겠습니까?"

　김길우가 눈을 지그시 반쯤 뜨고 영실에게 묘한 미소를 지어 보였다.

　"영실 아줌마, 설마 선생하고 같이 잘 생각이오?"

　탁!

　영실이 손바닥으로 김길우의 어깨를 때리며 정색했다.

　"큰일 날 소릴 다 하우다!"

영실이 정필에게 신신당부했다.

"정필 총각 방은 따로 하나 만들어놓을 테니까 일보고 이리 오기요. 꼭임다."

"알았습니다."

정필은 승합차로 평화의원까지 데려다주고 돌아서는 김길우에게 100위안을 수고비로 주었다.

쉬는 날도 아닌 사람을 한나절이나 부려먹었으니 수고비를 주지 않을 수가 없었다.

김길우는 하루 일과가 끝나면 택시회사에 들어가서 70위안을 사납금으로 입금하고 나머지를 자기가 갖는다는데 그게 하루 평균 30위안 정도라고 했다.

오늘은 김길우가 쉬는 날이라고 하지만 때로는 부수입을 올리는 날도 있어야 한다는 게 정필의 생각이다.

정필은 김길우가 가는 걸 보고 돌아서 평화의원으로 올라가면서 은애를 불렀다.

"은애 씨."

은애가 오랫동안 아무 말이 없어서 걱정이 됐다. 그녀는 아까 공장에서 인신매매범 사내가 송화 엄마를 강간하는 광경을 보고 큰 충격을 받은 듯했다.

왜 아니겠는가. 정필도 그 광경을 보고 미친 듯이 분노하여 잠시 이성을 잃었다.

"네."

은애가 기어들어 가는 목소리로 겨우 대답했다.

"괜찮습니까?"

"저는요……."

"말하세요."

"그런 거 처음 봤슴다."

"나도 처음 봤습니다."

정필은 문득 송화 엄마의 활짝 벌린 다리 깊숙한 곳의 그 번들거리는 음부의 모습이 떠올랐다. 그걸 처음 보는 당시에도 그랬지만 다시 떠올리는 지금도 그저 착잡함과 분노밖에 떠오르지 않았다.

송화 엄마는 거길 여러 번 박박 씻으면서 칼이 있으면 도려내고 싶다고 말했다. 그렇게 말하는 그 심정이 오죽하겠는가. 전부는 아니지만 정필은 그 마음을 조금쯤은 이해할 수 있을 것 같았다.

"아까 송화 엄마 씻을 때… 저 많이 울었슴다."

"압니다."

"정필 오빠."

"네."

정필은 대답하고 계단을 다시 내려가서 거리에 서서 은애
와 대화를 했다.

"우리가 무슨 죄가 있슴까? 죄라면 북조선에서 태어난 죄밖
에 없단 말임다."

그때부터 은애는 낮게 흐느꼈다. 정필은 한동안 거리에 서
있다가 평화의원으로 올라갔다.

저녁 6시에 평화의원을 닫은 강명도는 정필, 경미를 데리고
걸어서 5분 거리에 있는 베드로의 집으로 갔다.

장중환 목사는 정필을 크게 칭찬했다.

"정말 장한 일을 했습니다!"

짝짝짝짝짝!

베드로의 집에서 머물고 있는 열두 명의 탈북자가 손바닥
을 살짝살짝 부딪치면서 작은 소리로 박수를 쳤다.

연길의 아파트들은 부실공사가 대부분이라서 옆집이나 위
아래 집에서 방귀만 크게 뀌어도 다 들렸다. 그래서 박수를
크게 치면 시끄럽다고 난리가 난다.

평범한 가정집 아파트에 열두 명이 우글거리고 있는 걸 다
른 집에 사는 중국인들이 알게 되면 분명히 이상하게 여길 것
이고, 그래서 신고라도 해서 중국 공안이 들이닥친다면 그것
으로 끝이었다. 탈북자들은 모조리 강제 연행되어 북송되고

말 것이다.

45세의 나이에 도수 높은 안경을 낀 약간 마른 체구의 장중환 목사는 여섯 명의 탈북자를 몽골과의 접경 지역인 치치하얼에 인솔하고 갔다가 몽골 국경까지 넘겨줄 브로커에게 인도하고 돌아왔다.

"정필 씨가 구한 사람들을 내일 내가 만나보겠습니다."

"그래주십시오."

"탈북자들이 다 한국행을 원하는 건 아닙니다. 한국이 잘살고 좋은 나라인 줄 알면서도 가지 못할 때는 다 그럴 만한 이유가 있습니다."

정필이 장중환 목사에게 듣는 얘기는 거의 처음 알게 되는 내용들이다.

"북한에 가족들이 남아 있기 때문입니다. 그래서 돈과 먹을 걸 구해서 다시 지옥 같은 북한으로 돌아가는 사람들도 꽤 많습니다."

그날 정필은 장중환 목사와 두 시간에 걸쳐서 대화를 나누며 몰랐던 새로운 사실을 많이 알게 되었다.

장중환 목사는 대한민국 청주에 있는 여호수아교회의 담임 목사로 있으며, 그가 탈북자들을 돕는 일을 한다는 사실을 알고 있는 몇몇 독지가의 기부금으로 베드로의 집을 운영하고, 또 한국행을 원하는 탈북자들의 브로커 비용으로 사용한다고 했다.

또한 장중환 목사는 현재 탈북자들을 돕고 있는 유일한 한국 사람이며, 하늘이 도와서 그에게 맡겨지게 되는 탈북자는 전체의 1%도 안 된다고 했다.

장중환 목사는 탈북 과정을 돕는 브로커나 탈북자들의 한국행을 안내하는 브로커를 여러 명 알고 있었다.

정필이 호텔에 들렀다가 배낭을 메고 체크아웃을 하고는 다시 택시를 타고 손영실의 집으로 돌아오자 작은 술판이 벌어져 있다.

다른 탈북녀들은 목욕을 한 후에 TV를 보거나 자고 있는데 영실과 송화 엄마 둘이서 주방 식탁에 마주 앉아 술을 마시고 있었다.

영실은 원래 노모와 단둘이 살면서 홍남국밥집을 꾸려 나갔는데, 작년에 노모가 죽고 혼자 살게 되면서 매일 밤마다 적적함을 달래기 위해 술을 마시기 시작했고, 이제는 술을 꼭 마셔야지만 잠이 드는 습관이 들었다.

송화 엄마는 술을 못 마시지만 오늘 낮에 있던 끔찍한 일을 잊기 위해서 손영실과 마주 앉아 술을 마시기 시작했다.

정필이 현관으로 들어서자 영실과 송화 엄마가 한달음에 달려 나와 울음을 터뜨릴 것처럼 그를 반겼다.

"정필 총각 왔습까?"

거실에서 TV를 보고 있던 은애 친구 박순임과 두 명의 젊은 여자도 마치 집안의 가장이 귀가한 것처럼 정필을 반기면서 안도의 표정을 지었다.

영실에게 정필이 어떤 사람이고 또 얼마나 순수한 마음으로 그녀들을 구출했는지에 대해 설명을 들은 탈북녀들은 정필에게 무한한 고마움을 느꼈다.

따지고 보면 중국 땅에서 그녀들이 믿고 의지할 사람은 오로지 정필 한 사람뿐이었다.

"정필 총각, 술 함까?"

영실은 주방에 차려진 약소한 술상을 가리키면서 정필도 함께 마셨으면 좋겠다는 표정을 지으면서 물었다.

정필은 원래 술을 마셨다 하면 말술이다. 그러고 보니 중국에 온 이후 술을 한 잔도 마시지 않았기에 그도 술자리에 끼어 앉았다.

송화 엄마 이름은 김향숙이고, 무산에 살았으며, 올해 36세라고 했다. 제대로 먹지 못하고 고생을 많이 한 탓에 40대 중반으로 겉늙어 보인 것이다.

두 여자가 마시는 술은 김길우가 그렇게 마시고 싶어 하던 까오리춘, 즉 고려촌술이며, 영실의 설명에 의하면 고려촌술은 별 세 개부터 여섯 개까지 네 종류이며 별이 많을수록 고급이고 맛이 좋으며 비싸다고 했다.

정필이 자리에 앉자 영실이 아끼던 별 다섯 개짜리 고려촌 술을 꺼내 왔는데 자신과 향숙은 여태 마시던 별 세 개짜리를 계속 마시고 정필 잔에만 별 다섯 개짜리를 따라주었다.

직사각형 작은 식탁에 정필은 향숙 옆에 나란히 앉았고, 영실은 정필에게 줄 안주로 휘궈(중국식 샤브샤브)와 양꼬치를 만드느라 좁은 주방에서 커다랗고 탱탱한 궁둥이를 흔들면서 바삐 돌아다녔다.

나란히 앉은 정필과 향숙은 묵묵히 술만 마셨다. 정필로선 향숙을 위로할 적당한 말이 떠오르지 않았고, 이럴 때 그녀를 위로해야 맞는 건지 어떤지도 알지 못했다.

"선생님."

정필은 술을 마시려다가 향숙의 부름에 잔을 손에 쥐고 그녀를 바라보았다.

"내래 죽고 싶은 마음뿐임다."

향숙은 눈물이 글썽글썽 가득 고인 눈으로 맞은편 벽을 망연히 바라보며 영실이 듣지 못하게 작은 목소리로 속삭였다.

"송화 어머니."

정필은 형식적이 아닌, 그녀에게 도움이 될 만한 진심 어린 말을 해주고 싶었다.

"선생님은 다 봤지요?"

"……."

"제가 겁탈당하는 거이 똑똑히 앙이 봤슴까?"

"……."

"그러고도 제가 살아야 함까?"

"절 보십시오."

향숙은 정필을 쳐다보다가 시선이 마주치자 얼른 고개를 돌렸다. 차마 그를 마주 바라볼 용기가 나지 않았다.

슥―

정필은 어디에서 그런 용기가 생겼는지 두 손을 뻗어 향숙의 양쪽 뺨을 잡고 자신을 똑바로 보게 했다.

향숙은 깜짝 놀라서 눈을 동그랗게 떴지만 그의 손을 뿌리치지는 않았다.

정필은 영실이 요리하는 데 정신을 팔린 걸 확인하고는 목소리를 낮춰서 말했다.

"송화 어머니, 내가 본 게 중요합니까, 아니면 그런 일을 당했다는 사실이 중요합니까?"

"저는……."

정필은 그녀의 뺨을 놓고 장작처럼 깡마르고 까칠한 그녀의 두 손을 잡았다.

"그런 건 아무것도 아닙니다. 중요한 것은 송화가 무사하고 두 분 다 살아서 무사히 구출됐으며, 앞으로는 두 번 다시 그런 일을 당하지 않을 거라는 사실입니다."

"……."

"송화 어머니와 송화 둘 다 놈들에게 짓밟히고 나서 중국 남자에게 팔려 가는 것하고 지금하고 둘 중 어떤 상황이 낫습니까?"

그건 말할 필요도 없었다. 지금은 향숙만 한 사내에게 강간을 당한 상황이지만, 정필이 아니었다면 딸 송화마저 강간당했을 것이고, 그 후에는 생판 모르는 중국 남자에게 팔려 가서 죽을 때까지 노예처럼 살아야만 했을 것이다.

그러므로 어떤 상황이 더 나으냐는 물음에 대한 대답은 생각할 필요도 없었다.

만약 정말 그런 최악의 상황이 닥쳤다면 향숙은 어떤 심정이고 또 어떻게 했을지 상상을 해보는 것조차도 너무 무서워서 가슴이 벌벌 떨렸다.

"어떤 사람은 사랑하는 아내와 자식들과 헤어져 43년 동안 혼자 살았습니다."

정필은 향숙과 무릎을 맞대고 앉아 어떤 한 사람을 머릿속에 그리면서 설명했다.

"며칠만 있으면 돌아갈 줄 알고 잠시 가족들과 헤어져 있던 건데 그 세월이 장장 43년이나 길어질 줄은 꿈에도 몰랐습니다."

향숙은 정필에게 두 손이 붙잡힌 채 눈을 동그랗게 뜨고 그를 바라보았다. 그녀의 유난히 까만 동공에는 놀라움이 물결치고 있었다.

"그 사람은 가족에게 돌아갈 수만 있다면 무슨 짓이라도 했을 겁니다. 몸을 더럽히는 것 그 이상의 일이라도 서슴지 않았을 것입니다. 그렇지만 그 사람에겐 그런 기회마저 주어지지 않았습니다."

정필의 입가에 쓸쓸한 미소가 떠올랐다.

"그 사람은 지금도 고향의 가족에게 돌아갈 날을 기다리고 있습니다. 그렇지만 그럴 기회는 앞으로도 영원히 오지 않겠지요."

"그… 사람이 누굼까?"

향숙의 물음에 정필은 그녀의 손을 놓고 술잔을 집었다.

"6.25전쟁 때 회령에 가족을 두고 피난하신 할아버지입니다. 올해 연세가 74세입니다."

"아……."

향숙은 정필이 술을 단숨에 들이켜는 것을 보면서 눈물을 주르르 흘렸다.

그녀는 길게 생각하지 않아도 43년 동안 사랑하는 가족에게 돌아가지 못한 채 한스럽게 살아가는 정필의 할아버지보다는 그래도 자신의 처지가 낫다는 사실을 알 수 있었다.

술을 마시고 난 정필은 손으로 자신의 왼쪽 가슴을 지그시 누르고 착잡하게 중얼거렸다.

"할아버지의 한은 여기에 고스란히 심어져 있습니다. 그래서 저는 북조선 사람들의 고통이 남의 일 같지 않습니다."

슥—

이번에는 향숙이 정필의 손을 잡고 우수에 젖은 촉촉한 눈으로 말했다.

"저는 말입다, 선생님이 구해주신 귀한 목숨으로 열심히 살겠습다."

요리를 갖고 오다가 멈춰서 정필의 말을 듣게 된 영실은 짐짓 모르는 척하며 요리를 테이블에 놓고 웃었다.

"지금 뭐 하는 거임까? 두 사람, 드라마 찍습까?"

오랜만에 술을 마신 정필은 꽤 취했다.

평소보다 더 많은 술을 마신 영실과 술을 자주 마셔본 적 없는 향숙은 만취해서 인사불성이 되어 테이블에 엎어져서 자고 있다.

탈북녀들은 거실 여기저기에 웅크린 채 잠이 들었고, 송화 혼자서 TV 앞에 오도카니 앉아 있다.

정필은 취한 몸을 이끌고 탈북녀들을 깨워 두 개의 큰 방에 이불을 깔고 나눠서 자도록 했다.

그리고 영실의 방에 이불을 깔고 영실과 향숙을 안아다가 나란히 눕혔다.

정필은 TV를 보고 있는 송화의 머리를 쓰다듬어 주었다.

"송화야, 너도 그만 자야지."

"아지씨, 저거이 죄다 남조선의 사기 거짓 책동이디요?"

정필은 송화가 가리키는 TV 속의 한국 드라마를 쳐다보았다.

TV 화면에는 한국의 중산층 아파트의 내부 환경과 탤런트들의 대화하는 모습이 나오고 있다.

"저거이 남조선에서 보통 사람들 사는 모습이라는데 옷 입은 거이하고 먹는 게 로동당 고위간부 같습다."

곧이어 화면에 서울 시내의 번화한 전경과 수많은 자동차가 도로를 달리는 광경, 거리를 오가는 시민들의 활기찬 모습이 나왔다.

"남조선에는 거지들만 우글거리고 굶어 죽은 시체가 거리에 넘쳐 난다는데 저 텔레비죤에 나오는 거이 남조선이 아니디요? 고조 사기 거짓 책동이 맞디요?"

정필은 송화 옆에 앉아서 어깨를 감쌌다.

"저긴 남조선 서울이 맞단다."

"그거이 거짓말 아임까? 아자씨까지 저한테 거짓 책동하면 안 됩다."

"나중에 송화가 직접 가보면 알게 될 거다."

"내래 일없습다! 제가 남조선에 가다니 말도 되지 않습다! 저는 먹을 걸 구해서리 공화국의 위대한 령도자 김정일 장군님 품으로 돌아갈 검다. 조국을 배신하는 거이 어찌 말이나 됨까?"

송화는 발딱 일어나서 향숙이 자고 있는 안방으로 걸어가다가 멈추고 뒤돌아서 정필에게 꾸벅 인사했다.

"아자씨, 안녕히 주무시라요."

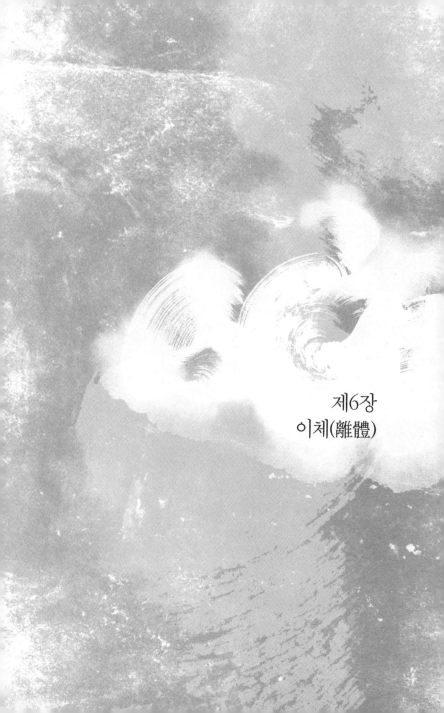

제6장
이체(離體)

　정필은 현관 문단속을 하고 창문도 제대로 닫혔는지 꼼꼼하게 확인하고는 하나 남은 골방에 자리를 펴고 누웠다.

　영실이 정필의 방을 마련해 준다고 했는데 술이 취해서 자는 바람에 정필 스스로 골방을 자신의 보금자리로 택했다. 좁기는 하지만 잠을 자는 것뿐이라서 불편할 건 없었다.

　문득 그는 아까 술을 마시기 시작할 때부터 은애가 아무 말도 움직임도 없었다는 것을 깨닫고는 푸시업을 해서 몸에서 은애를 꺼냈다.

　툭.

은애가 웅크린 자세로 이불 위에 떨어졌는데 눈을 꼭 감은 채 꼼짝도 하지 않았다.

"은애 씨."

정필이 어깨를 가만히 흔드는데도 은애는 깨어날 생각을 하지 않았다.

그런데 그녀가 새근새근 숨을 쉴 때마다 입에서 술 냄새가 몰카몰카 뿜어졌다. 정필이 마신 술 때문에 은애가 뻗어버린 것이다.

"허어."

정필은 어이없다는 표정을 짓고 은애를 잠시 바라보다가 그녀에게 이불을 덮어주고 베란다로 나가서 담배를 한 대 붙여 물었다.

칵!

베란다 창을 한쪽 열고 그 앞에 서서 밤하늘로 담배 연기를 길게 내뿜었다.

"후우……."

정필은 자신이 중국 연길에 올 것이라는 생각은 한 번도 해 본 적이 없었다.

그런데 그는 낯선 중국의 변방 도시 연길에 와 있으며, 이곳에서 어떤 일에 휘말려 있다.

그는 담배를 피우면서 자신이 연길에 와서 한 일과 앞으로

해야 할 일에 대해 생각해 보았다.

그가 연길에서 할 일은 거의 끝났다고 할 수 있었다. 은애의 일은 아버지 조석근 씨와 은철이 베드로의 집에 들어가는 것으로 일단락될 것이다.

아까 장중환 목사에게 부탁했고, 그가 그러겠다고 흔쾌히 허락했기 때문에 그 일은 더 이상 신경 쓰지 않아도 될 것 같았다.

은애를 죽인 박종태를 죽여서 복수를 해주었으며, 뜻하지 않게 조선족 인신매매범에게 감금당한 일곱 명의 탈북녀도 구하게 되었다. 그것은 뜻밖의 큰 수확이었다.

은애 엄마와 여동생 은주를 찾는 것은 며칠 사이에 끝낼 수 있는 일이 아니다.

은애를 생각하면 어떻게든 찾아주고 싶지만 그건 정필의 능력 밖의 일이었다.

그녀들까지 발 벗고 찾아 나선다면 정필은 언제 한국으로 돌아가게 될지 막막하고 한국에서의 생활은 당분간 접어야 할 것이다. 게다가 그가 나선다고 해도 은주와 은애 엄마를 찾는다는 보장도 없는 막연한 일이다.

그리고 할아버지 가족에 대한 일은 나중에 후회가 없도록 여기에 있는 동안 최선을 다해볼 생각이다.

마지막으로 남은 정필의 가슴을 무겁게 짓누르는 문제는

역시 은애였다.

그가 한국으로 돌아가게 되면 은애는 어떻게 될 것인지 난감하기만 했다.

은애의 혼령이 어째서 사라지지 않고 계속 정필의 주위에 남아 있는 것인지 아무리 생각해 봐도 모를 일이다.

아니, 은애의 혼령이라는 것 자체가 정필이 알고 있는 그녀의 전부이다. 그는 은애의 살아 있는 모습을 본 적이 없고, 살았을 때의 그녀를 알지 못한다. 그가 처음에 만난 것은 은애의 혼령이었으므로 그에게 있어서 은애의 혼령은 바로 은애 자체라고 할 수 있었다.

며칠 후면 정필은 연길을 떠날 텐데 그때까지 은애가 사라지지 않는다면 어떻게 해야 할지 가슴이 답답했다.

그녀를 이곳에 떼어놓고 한국으로 간다는 것은 한 번도 생각해 본 적이 없다.

그때 정필은 어두운 베란다 거실 쪽 유리문에 하얗고 부윰한 광채가 은은하게 서리는 것을 발견하고 쳐다보았다.

눈부신 나신의 은애가 유리문 안쪽에 오도카니 서서 정필을 바라보고 있었다.

스으으.

그러더니 은애가 유리문을 뚫고 베란다로 나오는데 마치 빛이 유리를 투과하는 듯한 광경이다.

은애는 열어놓은 창 앞에 서 있는 정필을 발견하고는 스르르 미끄러지듯이 다가오는데 많이 비틀거리는 모습이다.

"오, 오라바이, 뭐 하고 있슴까?"

정필은 비틀거리다가 베란다 벽에 부딪치려는 은애를 급히 부축했다.

"담배 피웠습니다."

"내는 오라바이가 낼 두고 떠난 줄 알았슴다. 딸꾹!"

은애는 뼈가 없는 것처럼 흐느적거리면서 가슴에 안겨들어 딸꾹질을 하는데 지독한 술 냄새가 확 풍기는 걸 보고 정필은 그녀가 많이 취한 것을 알았다. 혼령이 취하다니 이건 해외토픽감이었다.

"오라바이, 날 두고 갈 검까?"

"은애 씨."

은애는 가늘게 몸을 떨면서 울고 있었다. 이것이 주사를 부리는 거라면 귀여운 주사다. 정필은 그녀의 등을 부드럽게 쓰다듬어 주었다.

"오라바이, 나는 내가 죽은 것 같지 않슴다. 살아 있는 거 같슴다. 오라바이하고 같이 있으면 계속 살아 있는 거 같슴다. 길티만… 오라바이가 없으면 나는 암것도 아님다. 나는 진짜 귀신이 될 거우다."

정필은 은애를 골방에 눕히고 자는 걸 보고는 소변을 보려고 화장실 문을 열고 들어가려다가 멈칫했다.

화장실 바닥에 몹시 취한 향숙이 아랫도리를 벌거벗은 채 주저앉아 다리를 활짝 벌리고 샤워기의 물을 틀어 그곳에 뿌리면서 문지르며 흐느끼듯이 중얼거리고 있었다.

"더러워… 더러워… 씻어야 돼."

정필은 조용히 문을 닫고 방으로 돌아와 누워 있다가 10분쯤 후에 다시 화장실에 가보았다.

향숙이 씻다가 화장실 바닥에 벌렁 누워 잠이 들어 있다. 정필은 그녀에게 바지를 입히고 안아다 방에 눕혔다.

그때 향숙이 잠깐 잠이 깨어 정필을 불렀다.

"선생님……."

캄캄한 어둠 속에서 그녀가 흐느끼듯 속삭였다.

"내래 우리 나그네 볼 면목이 없습다."

정필은 그녀에게 이불을 덮어주고는 방으로 돌아왔다.

을씨년스러운 초겨울의 삭풍이 불고 있는 마을 공터에 굵고 큰 기둥이 세워져 있고, 그곳에 한 사람이 눈을 가린 채 묶여 있다.

기둥 20m 앞에는 다섯 명의 인민군 병사가 소총을 메고 나란히 서 있으며, 그들 뒤로는 수천 명의 마을 사람이 앉았거나

서서 기둥 쪽을 지켜보고 있다.

마을에서 가끔 벌어지는 총살 집행이다. 이럴 때면 유치원부터 인민학교, 고등중학교를 비롯하여 온 마을 사람을 강제로 불러내서 총살을 집행하는 전 과정을 구경시킨다.

민족의 배신자나 당에 항거하면 이렇게 된다는 것을 인민들에게 직접 체험시키는 것이다.

총살을 당하는 직계가족을 맨 앞줄에 앉히는 것이 규칙이다. 이런 끔찍한 광경을 눈으로 봐야만 다시는 조국과 당을 배신하지 않을 거라는 게 로동당의 방침이었다.

총살을 눈앞에서 봐야 하는 직계가족이나 강제 동원된 사람들이 평생 이 끔찍한 광경이 트라우마로 남아 괴로워할 거라는 생각을 로동당은 하지 않았다.

단지 그 트라우마 때문에 당을 배신하지 않을 거라는 얄팍한 생각만 하고 있었다.

그런데 오늘 총살당하는 사람의 가족석에는 단 한 사람, 옷을 입은 은애가 오롯이 앉아 있다.

그런데 은애는 기둥에 묶인 사람을 바라보면서 하염없이 눈물을 흘리고 있다.

그 사람이 누군지는 보이지 않는데 은애가 지독하게 슬프고 안타까워서 큰 소리로 울부짖지만 누구의 귀에도 그 소리가 들리지 않는다.

그때 인민군 병사들이 기둥에 묶인 사람을 향해 총을 일제히 겨누었다.

은애는 흐느껴 울면서 그 사람을 향해 달려가려고 하는데 한 발자국도 움직여지지 않는다.

너무 안타깝고 무서워서 가슴이 조각조각 갈가리 찢어지는 것만 같고 숨을 쉴 수가 없다.

타타타타탕!

천둥치는 굉음이 울리고 기둥에 묶인 사람의 온몸에서 새빨간 꽃잎이 흩날리듯이 피가 튀었다.

'하아악!'

은애는 잠에서 깨며 자지러지는 비명을 터뜨리려고 하는데 목 안에서만 맴돌았다.

'하아아… 하아아……'

왜 목소리가 나오지 않는지 모를 일이다. 그러다가 은애는 자신이 죽어서 혼령이 됐다는 사실을 깨달았다. 혼령은 소리를 내지 못한다.

'길티만 정필 오라바이 옆에서는……'

은애는 아무것도 아닌 죽은 혼령이지만 정필만 곁에 있으면 사람이나 다름없이 행동하고 느낄 수가 있다.

지독한 공포가 차츰 가라앉으면서 은애는 눈을 깜빡거리다가 이곳이 어디며 어떤 상황이라는 것을 알게 되었다.

이곳은 어젯밤 술에 취해서 잠이 든 손영실네 아파트 골방이고 그녀는 이불을 덮은 채 옆으로 누워 있다.

앞쪽의 작은 창의 커튼 사이로 아침의 부윰한 햇살이 스며들어 방 안이 흐릿하다.

'누구였을까?'

은애는 방금 전에 꿈속에서 봤던 총살 장면을 떠올렸다. 그녀는 기둥에 묶인 사람이 누군지 보지 못했다. 그 사람의 얼굴이 햇살처럼 눈부셔서 볼 수가 없었다.

그런데도 하늘이 무너지고 숨이 끊어질 것처럼 슬프고 절망했다.

꿈속에서 그녀는 기둥에 묶인 사람이 누군지 알고 있던 것 같은데 지금은 도무지 기억이 나지 않았다.

더구나 꿈은 현실보다도 더 생생했다. 그러면서도 기둥에 묶였던 사람이 누구며, 그곳이 어딘지 전혀 알 수가 없다.

문득 은애는 등 뒤에 정필이 있는 것을 느꼈다. 그녀는 등을 정필의 가슴에 대고 있으며 그가 그녀를 포근하게 안고 있는 자세다.

그래서 그녀는 비로소 자신이 자면서도 보호받고 있었다는 사실을 깨달았다.

그런데 그의 커다란 손이 은애의 가슴을 덮고 있다. 아니,

그녀의 유방을 꼭 쥐고 있다. 작은 유방이 아닌데 그의 손이 워낙 커서 유방 두 개가 그의 손안에 다 들어가 있다.

그뿐 아니라 정필의 단단해진 그것이 은애의 엉덩이를 지그시 찌르고 있다.

정필이 잠이 든 상태에서는 그것이 크고 단단해진다는 사실을 알고 있지만, 이런 상황이 되니까 은애는 이상한 상상을 하게 되어 묘한 흥분을 느꼈다.

그렇지만 흥분은 금세 사라지고 부끄럽고 망측하다는 생각이 파도처럼 밀려들었다.

그녀는 정필의 품에서 조심스럽게 빠져나와 앉아서 그의 자는 모습을 물끄러미 바라보았다.

밤사이에도 그녀는 사라지지 않고 또 새로운 하루를 정필과 함께 맞이했다.

언제 어느 순간 픽! 하고 사라져 버릴지 모르는 그녀로서는 하루하루가 살얼음을 딛는 것처럼 불안하기만 하다. 그리고 이렇게 주어지는 새로운 날의 하루가 얼마나 소중한 행복인지 모른다.

은애는 정필을 한동안 물끄러미 바라보다가 문득 그의 뺨에 입을 맞추고 싶다는 생각이 불쑥 들었다. 왜 갑자기 그런 생각이 들었는지 모를 일이다.

정필을 처음 만난 날 아버지와 은철이를 구해서 연길로 오는 택시 안에서 우연찮게 정필과 입맞춤을 했을 때 은애는 숨이 멎을 것처럼 놀랐었다.

나중에 곰곰이 몇 번이나 그때 일을 생각해 봤지만 좋았던 것보다는 놀라움이 더 컸었다. 그때의 기묘한 감정을 다시 한 번 느껴보고 싶었던 것일까.

지금 정필의 뺨에 살짝 입맞춤을 할 거라는 생각만으로도 은애는 가슴이 마구 두근거리고 얼굴이 화끈거렸다.

'정말로 정필 오라바이 뺨에 입을 맞추려다가는 그 전에 내 심장이 터져서 죽어버릴 거야.'

그런 생각을 하면서도 그녀는 천천히 상체를 굽혀서 입술을 정필의 뺨으로 가까이 가져갔다.

'옴마야! 내가 무슨 짓을 하는 거이야. 이러다가 나 죽으면 으찌나.'

은애는 눈을 꼭 감고 바들바들 떨면서 입술을 뾰족하게 내밀고 고개를 조금 더 숙였다.

그러고는 곧이어 아주 부드럽고 따스한 정필의 뺨이 그녀의 입술에 느껴졌다.

'아아…….'

그녀는 작게 몸서리를 쳤다. 그날 밤 택시 안에서 불시에 입맞춤을 했던 것보다 백배 야릇한 느낌이 온몸으로 번지면서 심장이 마구 쿵쿵 뛰었다. 그리고 그녀는 살며시 눈을 떴다가 혼비백산하고 말았다.

"……!"

만약 그녀가 뺨에 입맞춤을 했다면 정필의 옆얼굴이 보여
야 하는데 어떻게 된 일인지 그의 얼굴 정면이 보였다. 이것은
한 가지 경우에만 가능한 일이다. 그녀는 정필과 입을 맞추고
있는 것이 분명했다.

그때 정필이 두 손으로 부드럽게 자신의 등을 안는 것을 느
끼고 은애는 아기가 경기를 하듯이 화들짝 놀랐다.

'옴마야!'

은애는 무릎을 꿇고 상체를 굽힌 자세이고, 정필은 똑바로
누워서 두 손으로 그녀를 꼭 안고 있다.

은애는 눈을 동그랗게 뜨고 얼음이 돼버린 것처럼 꼼짝도
하지 못했다.

그때 정필의 혀가 은애의 입술을 비집고 들어오는가 싶더
니 이내 그녀의 혀를 가만히 빨아들였다.

'아아……'

은애는 바르르 몸서리를 쳤는데 작살에 꽂힌 물고기처럼
꼼짝도 하지 못했다.

그녀의 혀가 정필의 입속에서 제멋대로 이리저리 마구 굴러
다녔다. 정필은 아기가 젖을 먹듯이 쪽쪽 그녀의 혀를 빨아먹
었다.

그녀는 단지 혀가 빨리는 것뿐인데도 혀를 시작으로 온몸이 정필의 입속으로 빨려드는 느낌이 들었다.

그런데 은애는 이상하게도 정신이 하나도 없고 온몸이 녹아버리는 것 같은 야릇한 기분을 느꼈다.

은애는 난생처음 느껴보는 그 야릇한 기분 때문에 갑자기 겁이 더럭 나서 정필의 가슴을 두 손으로 힘껏 밀치면서 고개를 번쩍 들었다.

"하아아… 하아아……."

얼굴이 새빨개져서 참새처럼 숨을 할딱거리는 은애는 누워서 자길 보면서 빙그레 미소 짓고 있는 정필을 보며 발칵 화를 냈다.

"왜 웃습까?"

정필의 미소가 조금 더 짙어졌다.

"은애 씨는 왜 내 뺨에 뽀뽀하려고 했습니까?"

은애는 얼굴이 홍당무처럼 붉어지며 대답을 하지 못했다.

"그, 그건……."

정필은 흐뭇한 얼굴로 음미하듯이 말했다.

"은애 씨 혀 참 맛있었습니다."

탁탁탁!

"그만하라요!"

은애는 주먹으로 정필의 가슴을 마구 두드렸다. 부끄럽고 창피해서 죽을 것만 같았다.

슥—

정필이 일어나 앉아서 머리를 긁적이며 머쓱하게 웃었다.

"그런데 우리 이래도 되는 겁니까?"

"……"

"사람하고 혼령이 말입니다."

은애는 온몸에 찬물이 확 끼얹어지는 것을 느꼈다.

이른 아침에 주방에서 손영실과 김향숙이 아침 식사 준비를 하고, 다른 여자들은 식사 준비하는 걸 돕거나 청소를 하느라 바삐 움직이고 있었다.

정필은 영실을 안방으로 살짝 불렀다.

"돈을 좀 드리고 싶습니다."

"무슨 돈을 주겠다는 거임까?"

영실은 깜짝 놀랐다.

"나하고 북한에서 온 여자분들이 방을 세 개씩이나 쓰고 있고 또 그분들이 여기에서 생활하려면 이것저것 비용이 꽤 들 겁니다."

영실은 손을 들어 정필의 말을 막으면서 정색을 했다.

"일없슴다. 정필 총각 저 여자들하고 무슨 관계임까? 아무 관계 없디요? 그런데도 돕는 거 아임까?"

"그렇습니다."

"그렇다면 나도 저 여자들을 도울 수 있는 거임다. 그리고 내래 국밥집하면서 돈 깡깡(많이) 벌었슴다. 그거이 이럴 때 쓰고 싶슴다. 그러면 앙이 됨까?"

"손영실 씨……."

"내래 돈이 필요하면 그때 정필 총각한테 말하겠슴다. 이제 됐슴까?"

영실의 말이 백번 옳기 때문에 정필은 말문이 막혔다. 아무 관계없는 정필이 탈북녀들을 돕고 있는데 어째서 영실은 돕지 못하겠는가.

그래, 세상은 삭막한 것만이 아니라 이렇게 좋은 사람도 있다는 사실이 정필을 흐뭇하게 만들었다.

영실이 진지한 표정을 지었다.

"내래 부탁이 하나 있는데 들어주갔슴까?"

"뭡니까?"

"정필 총각이 날더러 손영실 씨 손영실 씨 하는 거이 듣기 싫슴다. 기니끼니 다르게 불러줄 수 없슴까?"

정필은 빙그레 미소 지었다.

"뭐라고 부를까요?"

"뭐… 그거이 정필 총각이 알아서 합소."

그러면서 영실은 묘한 기대감에 살짝 얼굴을 붉혔다.

정필은 영실에게 꾸벅 고개를 숙였다.

"누님, 다녀오겠습니다."

건장한 정필이 현관으로 걸어가는 뒷모습을 바라보는 영실의 입이 귀에 걸렸다.

"이지가이 오우다."

"네?"

정필이 무슨 말인지 몰라서 뒤돌아보자 영실이 환하게 웃으면서 설명했다.

"일 나가는 나그네한테 안까이(아내)가 일찍 들어오라고 하는 겜다."

"아… 네."

정필이 머쓱한 얼굴로 머리를 긁으면서 현관으로 걸어가자 여자들이 여기저기에서 속삭이듯이 '이지가이 오우다'를 합창했다.

정필은 일당 100위안을 주기로 하고 김길우를 고용했다.

오늘부터 며칠 동안 본격적으로 은애 엄마 김금화 씨와 여동생 조은주를 찾기 위해서다.

그리고 김길우를 앞세워서 중고 승용차를 한 대 구입했다. 마침 좋은 물건이 나와서 9년 된 18만㎞나 달린 볼보인데 3만 위안을 주었다.

3만 위안이면 한화로 360만원이니까 큰 지출은 아니다. 정필이 한국으로 돌아갈 때 볼보를 김길우에게 주겠다고 하자 그는 신바람이 났다. 오래된 볼보지만 여기에서는 최고급 승용차에 속한다.

정필은 김길우에게 일당 외에 활동비와 기름값으로 매일 100위안씩 지급하기로 했다.

김길우가 직접 깨끗하게 세차한 1987년형 볼보 850GLT는 생산 당시나 지금이나 럭셔리 승용차의 대명사답게 튼튼하고 큼직한 차체를 자랑했다.

정필은 김길우가 운전하는 볼보 조수석에 타고 장중환 목사가 소개해 준 브로커를 만나러 가는 길이다.

정확하게 말하면 잠시 후에 만날 사람은 본업이 브로커가 아니라 북한에 사는 화교(華僑) 출신 장사꾼이었다.

북한에는 화교가 꽤 많은 편인데 북한 내 신분을 상징하는 5계급 중에서 평민인 '기본군중'에도 속하지 못할 만큼 천대를 받으면서 살아왔다.

기본군중 아래 계급은 '복잡한군중'과 '적대계급잔여분자'가 있으며, 화교와 귀국자(재일교포)는 최하위를 겨우 모면한 '복잡한군중'에 속한다.

그렇지만 화교나 귀국자들은 북한 내에서도 기본군중이나

그 위 대다수 평양 시민의 계급인 '핵심군중'보다 더 잘 먹고 산다.

화교는 중국에 왕래하면서 장사를 하고, 귀국자는 일본에 친인척이 있어서 돈을 송금해 주기 때문이다.

"기가 막히게 잘 나감다."

볼보를 운전하는 김길우는 기분이 좋아 연신 휘파람을 불어댔다.

차령 9년 된 볼보 850GLT가 최신형 중국산 지리자동차보다 더 잘 나가고 실내는 물론 여러 장치도 비교할 수 없을 만큼 좋다는 것은 중국의 택시 기사들이 더 잘 알고 있는 사실이었다.

잠시 후 김길우는 정필을 화교 브로커와 만나기로 한 연길 시내의 다방 앞에 내려주었다.

정필은 김길우더러 잠깐 기다리라 하고 돌아서서 은애에게 속삭였다.

"은애 씨, 김길우 씨 따라가 보겠습니까?"

"왜임까?"

"그거야 김길우 씨는 은애 어머니하고 은주를 찾으러 다니니까 같이 다니면서 봐두면 좋지 않겠습니까?"

은애의 목소리가 샐쭉해졌다.

"오라바이는 절 저 사람하고 같이 보내고 싶슴까?"

"그게 아니고……."

"절 보내놓고서리 정필 오라바이는 조금도 걱정 앙이 되겠슴까?"

정필은 은애의 대답을 충분히 들었다고 생각했다.

"알겠습니다."

그는 조수석 문을 열고 김길우에게 말했다.

"급한 일 있으면 연락하고 수고하십시오."

김길우가 뭔가 건지면 평화의원이나 흥남국밥집으로 연락하기로 했다.

47세의 북한 화교 청강호는 적당한 키에 주먹코를 지닌 좋은 인상의 사내였다.

정필은 청강호가 운전하는 소형 트럭의 조수석에 타고 도문까지 같이 가기로 했다.

연길에서 도문까지는 48㎞로 넉넉잡아 1시간 30분이면 갈 수 있으며, 도로 사정이 좋고 또 돌아오는 차편도 원활하다고 해서 정필이 따라나선 것이다.

도문은 두만강 중국 쪽에 위치한 변방의 소도시로 인구는 약 10만 명이고, 두만강에 놓인 1차선 다리 맞은편에는 북한 함경북도 온성군 남양읍이 있다.

또한 도문은 두만강의 중하류에 속하며, 상류로 올라가면 북한 회령시가 나오고 더 올라가면 유선군과 무산읍이 나오며 도문에서 무산읍까지의 거리는 200㎞가 넘는다.

두만강에 가로놓인 공로교량인 도문대교 도문 쪽에는 화물차들이 길게 줄지어 늘어서서 통관 차례를 기다리고 있어서 청강호의 소형 트럭은 맨 뒤에 멈추었다.

"4일 후에 돌아온다고 했습니까?"

정필은 청강호에게 다시 한 번 확인했다.

"특별한 일이 없으면 4일 후 해가 저물기 전에 이 다리를 다시 건너올 계획이오."

청강호는 거의 사투리를 사용하지 않았다.

정필은 할아버지 최문용과 통화하여 할머니와 삼촌, 고모 이름과 43년 전에 살았던 회령시의 주소, 그리고 몇 가지 특기할 만한 것들을 알아내서 청강호에게 주었다.

"저기 보시오."

그때 청강호가 두만강 상류 쪽을 가리켰다.

그곳에는 두만강에 철교가 놓여 있는데, 도문 쪽에서 북한 남양 방향으로 5량짜리 열차가 가고 있었다.

청강호가 열차를 가리키면서 착잡한 얼굴로 설명했다.

"한 달에 한 번씩 중국에서 북조선으로 들어가는 열차인데 저기에는 탈북자들이 실려 있소."

그 말에 정필은 정신이 번쩍 들어서 차창에 얼굴을 바싹 들이대고 열차를 쳐다보았다.

이쪽 다리에서 200m쯤 상류에 놓인 낡은 철교 위로 열차가 막 들어서고 있었다.

"이걸로 보시오."

청강호가 뜻밖에도 정필에게 망원경을 건네주었다. 그런데 쌍안경이 아닌 하나짜리 단망경이다.

"창문은 열지 마시오."

청강호의 말에 창문을 열려던 정필은 손을 멈추고 단망경을 조절하여 열차를 보았다.

흐릿하던 초점이 맞춰지면서 열차가 손을 뻗으면 잡힐 것처럼 가깝게 보였다.

페인트칠이 벗겨진, 대한민국에서는 70년대에 사라졌을 법한 낡은 열차가 위태롭게 달리고 있다.

그런데 열차를 자세히 살피던 정필의 시야에 뭔가 잡혔다. 맨 앞의 기관차를 제외한 네 량 모두 화물칸인데 세 번째인가 네 번째 화물칸의 작은 창문에 사람의 모습이 언뜻 보였다.

정필은 긴장하여 단망경을 조금 더 확대해서 다시 한 번 자세히 봤다.

그런데 분명히 사람이다. 머리카락을 풀어헤친 여자이며, 작은 창문에 세로로 쳐진 쇠창살을 붙잡고 밖을 내다보고 있는 모습이다.

청강호가 설명해 주었다.

"북송되는 탈북자들이 저기에 타고 있을 거이오."

정필이 지금 보고 있는 화물칸의 여자는 아마 북송 중인 탈북자일 것이다. 청강호는 그걸 아는지 모르는지 계속 설명을 이었다.

"중국에서 체포된 탈북자들은 도문변방대 수용소에 감금되었다가 한 달에 한 번씩 북조선으로 보내지는 것이오."

"북송되면 어떻게 됩니까?"

"저 다리 건너 남양역 앞에 흑색의 3층 건물이 있소. 여기서 보일 거요."

정필은 눈에서 단망경을 떼고 다리 건너 청강호가 가리키는 곳을 보았다. 거기에 그가 말한 흑색의 3층 건물이 음산하게 버티고 있었다.

"저기가 남양 보위부 건물이오. 저기에서 보위부(한국의 안기부) 1차 요원들이 북송자들을 취조하오. 남녀노소 불문하고 지독한 고문을 당하는 게요."

정필은 다시 단망경으로 여자를 보았다. 지금 그가 보고 있는 저 여자도 잠시 후에 남양 보위부라는 곳에서 고문을 당할 것이다.

"남자들은 좀 덜한데 보안원들이 여자들은 유독 지독하게 다룬다는 말이오."

북송되는 여자를 태운 열차가 철교를 건너는 덜컹거리는 소리가 창문을 닫은 여기까지 들렸다.

열차가 점점 멀어지고 화물칸의 여자의 모습은 보였다가 안 보였다가를 반복했다.

"북조선 여자들이 떼놈에게 몸을 주었느냐 그렇지 않은가를 집중적으로 조사하는 것이오."

화물칸의 여자가 더 이상 보이지 않자 정필이 돌아앉으면서 물었다.

"그걸 어떻게 알아냅니까?"

"낸들 알겠소? 의사도 모르는 그런 걸 보위부 요원들이 어캐 알아낸다고 여자들을 발가벗기고 별 해괴한 자세를 취하라 하고 거길 작대기로 쑤시고… 하여튼 말도 마소."

"뭘 쑤셔요?"

못 알아들어서가 아니라 어이가 없어서 하는 말인데 청강호가 손으로 뭔가를 쿡쿡 찌르는 시늉을 했다.

"아, 여자들 사타구니에 거기 있잖소. 떼놈과 잤는지 안 잤는지 알아낸다고 거기를 작대기로 마구 쑤시고 헤집는다는 말이오."

"미쳤어."

정필 속에 함께 있는 은애가 바르르 떨면서 중얼거렸다.

"그러다가 애 밴 여자라도 걸리면 그길로 끝장이우다."

"임신한 여자를 어떻게 합니까?"

"떼놈 씨를 임신했다고 여자의 부른 배를 구둣발로 차서 낙태를 시키든가, 그래서도 안 되면 여자를 눕히고 그 위에 널빤지를 놓고 사람들에게 널뛰기를 시키오."

"설마……."

"그러다가 죽은 여자가 한둘이 아니우다. 떼놈 씨를 배서 온 여자는 사람으로 취급도 앙이 하오."

청강호는 흥분했는지 함경도 사투리가 조금씩 나왔다.

"으음……."

정필은 신음 소리밖에 나오지 않았다.

잠시 침묵이 흐르고 정필이 탄 소형 트럭은 앞으로 찔끔찔끔 가다가 어느덧 다리 입구에 이르렀다.

"선생은 여기에서 내려야 하오."

소형 트럭 바로 앞쪽에 무장한 중국군 두 명이 서서 여권과 통행증, 차에 실린 물건을 검색하고 있는 게 보였다.

트럭에서 내리는 정필에게 청강호가 말했다.

"4일 후에 선생은 여기까지 올 필요 없으니까 연길에서 기다리고 있으면 내 연락하리다."

"알겠습니다."

장사를 하는 청강호는 소형 트럭을 몰고 북한 내에서 못 가는 곳이 없다고 했다.

또한 북한 당 간부에게 몇 푼의 뇌물을 집어주기만 하면 웬만한 일은 거의 해결된다는 것이다.

청강호 말로는 북한 내에서는 적당한 뇌물을 주기만 하면 통하지 않는 것이 없다고 했다.

그렇기 때문에 청강호가 북한 내 주민등록을 열람할 수 있는 당 간부에게 접근하여 정필 할아버지 최문용의 가족에 대해서 알아본다는 계획을 갖고 있다.

정필이 다리에서 물러나 지켜보고 있는 가운데 청강호의 소형 트럭은 검문을 통과하여 조금씩 다리 안으로 깊숙이 진입하고 있다.

"정필 오라바이, 저 답답하니까 빼주기요."

그때 은애가 밖으로 나오기를 원해서 정필은 옆에 서 있는 기둥을 붙잡고 슬쩍슬쩍 푸시업을 세 번 했다.

"아아, 답답했슴다."

은애가 정필 옆에 나란히 서서 가볍게 머리를 흔들자 길고 검은 머리카락이 바람에 흩날렸다.

정필은 나체의 은애가 벌건 대낮에 서 있는 것을 보고 반사적으로 주위에 누가 있나 둘러보았다.

주위에는 다리를 건너 북한으로 들어갈 북한 주민 여러 명이 커다란 보따리를 머리에 이거나 손에 들고 서 있지만 아무도 은애에게는 눈길을 주지 않았다.

청강호의 말에 의하면 북한 사람으로 여권을 발급받는 일은 하늘에서 별을 따는 것보다도 어렵다고 했다.

제아무리 뇌물을 많이 줘도 여권을 받을 수 있는 북한 사람은 딱 한 종류였다.

출신 성분이 분명해야 했다. 당원이어야 하며 핵심군중 이상의 계급이어야 한다는 것이다.

그렇게 해서 여권을 발급받은 북한 사람이 갈 수 있는 곳은 오로지 중국뿐이었다.

그것도 걸어서 다리를 건너거나 드물게는 트럭을 몰고 월경을 하는 경우도 있었다.

그리고 한 번 중국에 갔다가 북한으로 들어갈 때마다 국경 경비대부터 보위부, 지역의 당 간부에게까지 줄줄이 뇌물을 바쳐야만 했다.

북한 사람으로서 비행기를 타고 해외로 나가는 경우는 외교관이나 고위급 당 간부뿐이고, 그것도 북한의 국적기인 고려항공이 취항하는 곳은 중국 북경 오로지 한 개 노선밖에 없다고 했다.

은애는 정필의 손을 꼭 잡고 북한 쪽을 말없이 바라보았다.

정필이 처음에 봤을 때 은애는 뺨이 홀쭉하고 팔다리가 가

느다란 앙상한 모습이었는데 지금은 제법 살이 올라서 통통했다. 그렇다고 해서 며칠 사이에 뚱뚱해졌다는 게 아니라 여전히 가녀린 몸매지만 그때보다 살이 좀 올라서 보기가 좋아졌다는 뜻이다.

다른 건 몰라도 그녀의 뽀얀 유방이 좀 더 커지고 단단해졌으며 때깔이 훨씬 좋아진 것만 봐도 알 수가 있다. 아마도 정필 몸속에 기거하면서 이것저것 좋은 것을 먹었기 때문인 것 같다.

"정필 오라바이."

은애가 북한 쪽을 바라보면서 정필을 불렀다. '오라바이'는 그녀가 흥분하거나 다급할 때 찾는 호칭인데 지금은 차분한 목소리로 그를 불렀다.

정필이 쳐다보자 은애가 북한 쪽에서 시선을 거두고 그를 바라보았다.

"걱정하지 마시라요."

"무얼 말입니까?"

"저는 정필 오라바이한테 꼭 돌아올 거우다."

"갑자기 그게 무슨……."

갑자기 은애가 잡고 있던 정필의 손을 놓았다.

"아까 그 사람 돌아올 때 같이 올 겁다."

"은애 씨."

정필은 은애의 모습이 점점 작아지는 것을 느끼고는 깜짝 놀랐다. 그는 은애가 이렇게 사라져 버리는 것이 아닌가 하는 생각이 한순간 들었다.

그런데 그게 아니었다. 그녀가 정필에게서 멀어지고 있는 것이다. 그녀는 정필에게 시선을 고정시킨 채 뒤로 훌훌 날아 가고 있었다.

정필은 깜짝 놀라서 은애를 쳐다보았다.

"은애 씨, 어디 가는 겁니까?"

그때까지만 해도 정필은 은애가 북한에 갈 것이라는 생각 은 단 1%도 하지 않았다.

정필은 은애가 다리 쪽으로 날아가는 것을 보고도 '왜 그러 지?' 하는 생각만 할 뿐 따라가려고 하지 않았다.

그런데 은애가 다리 위를 날아서 청강호의 소형 트럭 조수 석 쪽 창을 투과하여 쑥 들어가는 것을 보고는 소스라치게 놀랐다.

"은애 씨! 안 됩니다!"

정필은 그제야 비로소 은애가 무얼 하려는 것인지 알아차 리고 크게 당황했다.

은애는 청강호와 함께 북한으로 들어가 정필 할아버지 최 문용의 가족을 찾으려는 의도가 분명하다.

은애가 소형 트럭 창밖으로 상체를 빼내더니 놀라서 달려오는 정필을 향해 손을 흔들었다.

"정필 오라바이! 4일 후에 이 사람하고 같이 돌아올 검다! 오지 마시라요!"

다리로 달려들던 정필은 중국군 두 명의 제지를 받았다. 조금 더 밀어붙였다간 중국군에게 개머리판으로 얻어터질 것 같아서 다리로 진입할 수가 없었다.

그리고 정필이 지켜보는 가운데 은애가 탄 소형 트럭은 다리 중간을 넘어 북한 인민군 병사의 검문을 받고 있다.

정필은 은애가 잘 보이지 않게 되자 조금 더 상류 쪽 난간으로 달려갔다.

그곳에서 정필은 은애의 모습은 물론이고 그녀를 태운 소형 트럭의 모습이 조금씩 다리를 건너가 시야에서 사라질 때까지 서서 바라보았다.

은애는 그렇게 북한으로 돌아갔다.

약속한 4일이 지났을 때 은애는 청강호의 소형 트럭을 타고 도문으로 돌아오지 않았다.

도문에 나와서 눈이 빠지게 기다리고 있던 정필은 두 다리에서 힘이 빠져 하마터면 땅바닥에 주저앉을 뻔했다.

그 모습을 보고 차에서 내린 청강호가 부축해 주었다.

"왜 그러오? 어디 아프오?"

정필은 소형 트럭의 텅 빈 조수석과 북한의 농산물이 잔뜩 실린 짐칸을 허망한 눈빛으로 쳐다보았다.

"선생의 할머니라는 분에 대해서 알아봤는데……."

부스럭.

청강호가 상의 안주머니에서 꼬깃꼬깃한 종이를 꺼내서 펼치더니 읽었다.

"에… 또… 내가 알아본 바에 의하면 선생의 할머니이신 강옥화 어르신은 8년 전에 돌아가셨고, 차남 최태호, 막내딸 최명숙도 병으로 죽었다고 하오. 그런데 최태호 씨의 자식들이 청진에 살고 있으며……."

정필은 청강호가 건네주는 종이의 내용을 읽어보았다. 거기에는 할머니와 삼촌, 고모, 그리고 사촌들에 대해서 제법 자세하게 기록되어 있었다.

하지만 정필의 눈에는 종이의 내용이 들어오지 않고 그저 은애에 대한 걱정만 가득할 뿐이었다.

은애는 4일 전에 갑자기 정필을 떠나면서 4일 후에 청강호의 소형 트럭을 타고 돌아오겠다고 말했지만 결국 돌아오지 않았다.

"타시오."

청강호가 도로변에 정차시킨 소형 트럭에 올라타면서 말했지만 도로가에 서 있는 정필은 다리, 즉 투먼다차오(도문대교)

쪽만 물끄러미 응시하고 있을 뿐이었다.

"선생, 누굴 기다리시오?"

청강호의 말에 정필은 그에게 은애에 대해서 물어보고 싶은 충동이 생겼으나 그만두었다. 4일 전에 조수석에 태우고 같이 간 여자 귀신은 어디에 놔두고 혼자 왔느냐고 물으면 미친놈이라고 할 것이다.

"먼저 가십시오."

결국 정필은 청강호에게 주기로 한 수고비 4천 위안 중에서 잔금 2천 위안을 주고 먼저 연길로 가라고 보냈다.

정필은 은애 없이 이대로는 혼자서는 도저히 연길로 돌아갈 수가 없었다.

은애가 없어졌다고 해서 홀가분한 마음은 단 1%도 들지 않았다. 그저 가슴이 뻥 뚫린 허탈함과 그녀에 대한 끝없는 걱정만 가득할 뿐이다.

정필은 해가 저물고서도 한참이나 더 도문대교 앞을 서성거리다가 택시를 잡아타고 연길로 향했다.

택시 뒷자리 오른쪽에 깊숙이 몸을 묻고 있는 정필은 캄캄한 차창 밖을 바라보면서 지금이라도 택시를 돌려서 도문대교로 가면 은애가 거기에 와 있을 것 같은 생각을 떨쳐 버리지 못했다.

'은애 씨는 돌아오지 않을 거다.'

그녀가 돌아오지 않을 이유가 없는데도 자꾸만 밑도 끝도 없이 그런 생각이 들었다.

그렇다면 그녀가 돌아와야만 하는 이유는 무엇인가. 연길에 아버지와 남동생 은철이가 있다. 그리고 중국 땅 어딘가에 엄마와 여동생 은주도 있다. 그리고…….

은애에게 정필은 아무것도 아닌 존재였는가? 단지 대한민국에 살고 있는 최정필과 함경북도 무산에서 살다가 죽은 혼령 조은애, 그것뿐이었는가?

아니다. 그건 아닐 것이다. 정필과 은애는 보이지 않는 무엇인가로 이어진 질긴 인연으로 이어져 있을 것이다. 그랬으니까 두만강가에서 울고 있는 은애의 혼령이 대한민국 서울에 있는 정필을 부른 것일 게다.

정필이 이런저런 생각에 골몰하고 있을 때 갑자기 운전석의 택시 기사가 비명을 질렀다.

"우왁!"

정필이 급히 앞을 보니 반대 차선 전방 2차선의 승용차가 1차선의 차 옆면에 부딪쳐 이쪽 차선으로 밀어붙이고 있었다.

그리고 밀린 1차선의 승용차가 정필이 탄 택시를 향해 정면으로 돌진해 오기 시작했다.

택시 기사는 당황해서 버쩍 얼어 어떻게 할지 모르고 이상한 소리만 내고 있다.

정필은 급히 앞자리로 몸을 던져 날려 핸들을 잡는 것과 동시에 오른쪽으로 꺾었다가 다시 재빨리 왼쪽으로 틀면서 외쳤다.

"브레이크!"

끼아아악—

택시는 반대 차선에서 넘어온 승용차를 아슬아슬하게 피해 도로변에 급정거했다.

그렇지만 반대 차선에서 넘어온 승용차는 택시를 스쳐 지난 직후 도로변의 시멘트 구조물을 정면으로 들이받고는 멈춰 섰다.

정필이 택시 기사를 보니 뭐라고 소리를 지르면서 내리는데 다친 곳은 없는 것 같았다.

택시에서 내린 정필은 승용차로 가보았다. 최신형 벤츠의 앞부분이 크게 부서졌으나 정장 차림의 운전수와 뒷자리의 신사, 그리고 고급 옷을 입은 젊고 아름다운 여자 셋 다 안전벨트를 하고 있어서 무사한 듯했다.

척!

정필이 벤츠 뒷문을 열고 신사에게 물었다.

"아유 오케이?"

50대 중반의 근사한 풍모의 신사는 정필이 영어로 묻자 뜻밖이라는 표정을 짓더니 곧 고개를 끄떡이면서 안전벨트를 풀고 차에서 내렸다.

그러다가 그는 정필 옆을 통해서 전방을 보며 움찔 놀라는 표정을 지었다.

정필이 돌아보자 조금 전에 벤츠를 밀어붙이던 것으로 보이는 승용차가 반대 차선에 멈춰 서 있고, 승용차에서 건장한 사내 네 명이 내려서 차선을 가로질러 이쪽으로 달려오고 있는데, 그들의 손에는 농담이 아니라 정필이 중국 영화에서 본 커다란 칼이 하나씩 쥐어져 있었다.

정필은 영웅은 아니지만 이런 상황에서 50대 신사를 보호해야겠다는 생각이 들었다. 불의를 보면 지나치지 못하는 그의 성격이 발동한 것이다.

탁!

정필은 뭐라고 외치는 신사를 벤츠 뒷자리에 밀어 넣고 차문을 닫았다.

그러고는 달려오는 사내들을 향해 천천히 두 걸음 걸어 나가서 우뚝 멈춰 섰다.

정필은 칼, 즉 대도(大刀)를 움켜쥐고 돌진해 오는 네 명의 적을 맞아서 싸워본 적은 없었다. 하지만 특전사 훈련 중에 군용대검을 쥐고 공격하는 동료 다섯 명을 상대해서 모두 물리친 적은 있었다.

공격해 오는 사내들은 중국인인 것 같았다. 중국어로 뭐라고 외치면서 비키라는 손짓을 해 보였지만 정필은 그 자리에서 꼼짝도 하지 않았다.

사내들은 20~30대의 젊고 건장한 청년들로 벤츠를 가로막고 서 있는 정필을 향해 저돌적이면서도 맹렬하게 칼을 휘두르며 공격해 왔다.

대도를 휘두르려면 칼의 길이와 무게 때문에 동작이 커질 수밖에 없다. 선두에서 공격해 오는 자의 칼만 피하면 그다음부터는 문제가 없다는 것이 정필의 계산이다.

쏴아악!

첫 번째 사내가 정필의 머리를 노리고 오른쪽에서 왼쪽 세로로 비스듬히 무지막지하게 칼을 베어왔다. 아차 하는 순간 머리통이 뎅겅 잘릴 정도의 위력이다.

눈을 똑바로 뜨고 쏘아보던 정필은 재빨리 상체를 숙이고 앞으로 돌진하면서 가볍게 피했다.

그리고 용수철처럼 상체를 일으키면서 첫 번째 사내의 턱에 강력한 어퍼컷을 먹였다.

쩍!

"컥!"

첫 번째 사내가 멈칫하면서 스텝이 엉키자 뒤따르는 사내들이 부딪치지 않으려고 좌우로 흩어지는 걸 정필이 재빨리 오른쪽으로 한 걸음 이동하면서 오른쪽의 사내 옆구리에 훅을 찔렀다.

퍽!

"윽!"

휘청거리며 쓰러지려는 두 번째 사내의 멱살을 잡고 맨 뒤 네 번째 사내에게 확 밀어붙이면서 정필은 붕 몸을 띄워 왼쪽 세 번째 사내 얼굴 정면에 왼쪽 발끝을 꽂았다.

칵!

"크윽!"

그러고는 마지막으로 두 번째 사내에게 부딪쳐서 뒤로 주춤거리고 있는 네 번째 사내의 가슴팍을 오른쪽 무릎으로 찍어 버렸다.

"끅……!"

처음에 정필의 어퍼컷을 턱에 맞은 사내와 왼쪽 발끝으로 얼굴을 찍힌 사내는 쓰러지면서 기절해 버렸고, 옆구리와 가슴을 찍힌 두 사내는 쓰러졌다가 비틀거리면서 일어서다가 정필의 주먹을 관자놀이와 목에 한 대씩 더 맞고는 돌멩이에 맞은 개구리처럼 퍼졌다.

건달 네 명을 떡판의 인절미처럼 만들어놓고 정필이 우뚝 서 있는데 벤츠에서 신사와 여자, 그리고 운전수가 내려 그에게 다가왔다.

겁에 질렸을 것이라고 생각한 신사는 의외로 정필에게 엄지손가락을 치켜세우면서 뭐라고 떠들었으며, 여자는 신사의 팔에 매달려 울고 있었다.

중국어를 한마디도 알아듣지 못하는 정필은 신사와 여자, 운전수를 택시에 태우고 연길 시내로 들어와 영실의 아파트에서 두 블록쯤 떨어진 곳에서 내렸다.

신사가 따라 내리면서 한사코 정필의 팔을 붙잡고 어디론가 같이 가자고 이끄는 것을 정중하게 거절했다.

신사는 어쩔 수 없다고 생각했는지 지갑에서 명함을 꺼내주면서 손을 귀에 대며 전화하라는 제스처를 여러 번이나 해보였다.

정필은 그러마고 고개를 끄떡이고, 신사와 운전수가 택시를 타고 떠나는 것을 보고서야 그곳을 떠났다.

영실네 아파트로 걸어가던 정필은 도중에 공중전화에서 평화의원으로 전화하여 은애 아버지 조석근과 은철이가 베드로의 집으로 거처를 옮겼다는 말을 강명도에게 들었다.

강명도는 정필이 할아버지 가족과 은애 엄마와 은주를 찾는 일을 병행하고 있는 것으로 알고 있기 때문에 그에게 진전이 있느냐고 물었다.

정필은 청강호에게 들은 내용을 간추려서 대충 말해주고,

은애 엄마와 은주는 김길우가 돌아와 봐야 알 수 있다고 말해주었다.

정필이 영실네 아파트로 돌아왔을 때에는 밤 10시를 가리키고 있었다. 그가 아파트에 들어서서 현관문을 닫자 거실에 모여 있던 여자들이 반갑다는 표정으로 우르르 모여들었다.

영실과 향숙, 송화, 그리고 은애 친구 순임 등은 정필과 생활한 지 오늘이 4일밖에 안 됐지만 그를 이 집안의 가장으로 여기고 있다.

그녀들 중에서도 특히 향숙은 나이가 열한 살이나 어린 정필을 하늘처럼 믿고 의지했다. 그녀에게 정필은 아마도 든든한 남편이며 아버지 같은 존재일 것이다.

정필은 자신을 꼭 안고 있는 송화의 머리를 쓰다듬으면서 피곤한 얼굴로 영실에게 말했다.

"누님, 술 한잔합시다."

영실과 향숙은 눈을 동그랗게 뜨고 놀라더니 서둘러 주방으로 달려갔다.

『검은 천사』 2권에 계속…

초대형 24시 만화방

신간 100%, 샤워실, 흡연실, 수면실(침대석), 커플석, 세탁기 완비

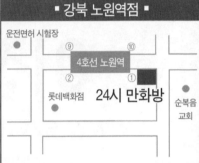

■ 강북 노원역점 ■

서울 노원구 상계동 340-6 노원역 1번 출구 앞 3층
02) 951-8324 (화용빌딩 3층)

■ 일산 정발산역점 ■

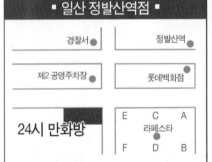

라페스타 E동 건너편 먹자골목 내 객잔건물 5층
031) 914-1957

■ 일산 화정역점 ■

경기도 고양시 덕양구 화정동 984번지 서일빌딩 7층
031) 979-4874 (서일사우나 건물 7층)

■ 부천 역곡역점 ■

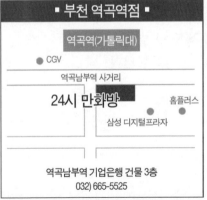

역곡남부역 기업은행 건물 3층
032) 665-5525

■ 부평역점 ■

(구)진선미 예식장 뒤 보스나이트 건물 10층
032) 522-2871

十 중 星
십자성
전왕의 검

허담 新무협 판타지 소설
FANTASTIC ORIENTAL HEROES

신력을 타고났으나 그것은 축복이 아닌 저주였다.

『십자성 - 전왕의 검』

남과 다르기에 계속된 도망자의 삶.
거듭된 도망의 끝은 북방 이민족의 땅이었다.
야만자의 땅에서 적풍은 마침내 검을 드는데……!

"다시는 숨어 살지 않겠다!"

쫓기지 않고 군림하리라!
절대마지 십자성을 거느린
적풍의 압도적인 무림행이 시작된다!

Book Publishing CHUNGEORAM

유행이 아닌 자유추구 -
WWW.chungeoram.com

이계진입 리로디드

임경배 퓨전 판타지 소설

FUSION FANTASTIC STORY

Book Publishing CHUNGEORAM

유행이 아닌 자유추구 -
WWW.chungeoram.com

철백 新무협 판타지 소설
FANTASTIC ORIENTAL HEROES

大武

대무사

피와 비명으로 얼룩진 정마대전의 종결.
그리고…

"오늘부로 혈영대는 해산한다."

혈영대주 이신.
혈영사신(血影死神)이라고 불리는 그가
장장 십오 년 만에 귀향길에 올랐다.

더 이상 전쟁의 영웅도, 사신도 아니다!

무사 중의 무사, 대무사 이신.
전 무림이 그의 행보를 주목한다!

Book Publishing CHUNGEORAM

유행이 아닌 자유추구 -
WWW.chungeoram.com